Wolfgang Kuhn
Die grüne Maske

Wolfgang Kuhn, Dr. rer. nat., geboren 1928, studierte Botanik, Zoologie, Geographie, Chemie und Philosophie an der Universität Frankfurt. Nach Dozententätigkeit an den Pädagogischen Hochschulen Trier, Koblenz und Saarbrücken wechselte er 1978 als Professor an die Universität des Saarlandes, Saarbrücken. Er war Herausgeber viel beachteter wissenschaftlicher Publikationen sowie Verfasser und Moderator von Schulfunk- und Fernsehsendungen. ›Die grüne Maske‹ ist die in sich abgeschlossene Fortsetzung seines Erfolgstitels ›Mit Jeans in die Steinzeit‹ (dtv junior 70144). Die archäologischen Grabungsorte in Mexiko, auf die sich das vorliegende Buch bezieht, kannte der Autor aus eigener Anschauung. Wolfgang Kuhn ist 2001 verstorben.

Wolfgang Kuhn

Die grüne Maske

Ein Ferienabenteuer in Mexiko

Mit Zeichnungen von Peter Klaucke

Deutscher Taschenbuch Verlag

Originalausgabe
In neuer Rechtschreibung
4. Auflage Oktober 2002
© 1998 Deutscher Taschenbuch Verlag GmbH & Co. KG,
München
www.dtvjunior.de
Umschlaggestaltung: Jorge Schmidt und Tabea Dietrich
Umschlagbild: Peter Klaucke
Gesetzt aus der Garamond Monotype 11/13·
Gesamtherstellung: Ebner & Spiegel, Ulm
Printed in Germany · ISBN 3-423-70467-5

Inhalt

Ein Alptraum!   7
Erwachen über den Wolken   12
Das Ferienhaus auf Rädern   25
Ein unheimlicher Fund   30
Gerade noch mal gut gegangen!   40
Frühstück zwischen Pyramiden   51
Im Wald der geheimnisvollen Riesenköpfe   71
Monster in der Morgendämmerung   97
Eine Geisterstadt im Urwald   103
Die unheimliche Stimme aus der Tempelruine   110
Freundschaft für immer!   123
Auf nächtlichen Schleichwegen   135
In der Falle   145
Das Geheimnis der Urwaldpyramide   157
In der Gruft des Priesterkönigs   168
Die grüne Maske   182
Abschied von Mexiko   193

Anhang   201
Karte   202
Die Maya – woher sie kamen und wie sie lebten   204

Ein Alptraum!

Am liebsten hätte sich Isabelle vor Entsetzen in den kalten, steinharten Erdboden verkrochen. Aber das war unmöglich. So blieb ihr nur übrig ihre klammen Finger verzweifelt in die spärlichen Grasbüschel zu krallen. Sie machte sich so klein es irgend ging. Ihr Herz hämmerte derart ungestüm gegen den Boden, dass sie fürchtete, man könne es meilenweit hören. Es war aber auch zu grässlich! Dieses unheimliche, schrille Trompeten wollte und wollte nicht enden. Wenn sie wenigstens hätte sehen können, woher es kam. Doch sie wagte nicht den Kopf zu heben. So konnte sie nur mühsam nach dem seltsamen Begleiter schielen, der neben ihr kauerte. Ein wild aussehender Bursche! Wirr hing sein struppiges Haar bis über die Schultern. Sein schwarzer Bart ließ nur die Augen in seinem Gesicht frei. Bekleidet war er mit roh zusammengebundenen Fellen. Dennoch – es war ein Mensch bei ihr, egal, wie er aussah! Allein wäre sie vor Angst gestorben.

Er musste gespürt haben, dass sie etwas fragen wollte. Doch noch bevor sie ihren Mund öffnen konnte, presste er seine schwielige Hand darauf, runzelte seine buschigen Augenbrauen und schüttelte heftig den Kopf. Dabei deutete er mit der anderen Hand nach vorn. Dann begann er, immer dicht an die

Erde geschmiegt, behänd wie eine Schlange vorwärts zu kriechen. Seinen langen Speer mit der scharfen Feuersteinspitze schob er dabei vor sich her.

Wohl oder übel musste Isabelle sich zusammenreißen und ihm folgen. Nur nicht allein zurückbleiben! Oben auf dem Böschungskamm angelangt, lugten die beiden vorsichtig zwischen Geröllsteinen und Grasbüscheln hindurch. Endlich breitete sich das tiefer liegende Gelände frei vor ihnen aus. Isabelles Augen weiteten sich vor Schreck. Nein – das war doch nicht möglich! Dort unten stand ein leibhaftiger Elefant! Ein wahrer Riese mit hell glänzenden, weit zurückgebogenen Stoßzähnen. ›Ein Mammut‹, durchfuhr es sie, ›ein Eiszeitelefant!‹ Und als wolle er selbst jeden Irrtum ausschließen, hob der Gigant seinen mächtigen Rüssel und trompetete derart durchdringend, dass Isabelle fürchtete ihre Trommelfelle könnten platzen. Also das war der schauerliche Trompetenton! Das Mammut schien Gefahr zu wittern.

Aus den Augenwinkeln beobachtete Isabelle, wie ihr Gefährte einen Arm hob und eine weit ausholende, winkende Bewegung machte. Da sprang jenseits des Mammuts ein anderer Jäger hinter einem niedrigen Busch hervor. Er musste dort schon länger auf der Lauer gelegen haben. Mit beiden Händen formte er einen Schalltrichter vor seinem Mund und schrie aus Leibeskräften zu dem Koloss hinüber. Im selben Augenblick wurde es überall in der Steppe lebendig. Hinter niedrigen Bodenwellen, Zwergbirkensträuchern und Felsblöcken tauchten immer mehr Männer auf. Sie fuchtelten wild mit den Armen,

schrien und schleuderten Steine gegen das Mammut. Das riesige Tier zuckte zusammen. Dann aber setzte sich sein massiger, tonnenschwerer Körper in Bewegung. Die runden Füße seiner Säulenbeine stampften den Boden. Zwischen der Böschung zu seiner Linken, auf der Isabelle noch immer kauerte, und den brüllenden Jägern zu seiner Rechten blieb ihm keine andere Wahl. Es stürmte schneller und immer schneller vorwärts.

Da – ein ohrenbetäubendes Knacken, Brechen und Prasseln, übertönt vom gellenden Triumphgeschrei der Jäger. Von allen Seiten her liefen sie dort zusammen, wo ihre riesenhafte Beute urplötzlich buchstäblich im Erdboden verschwunden war. Jetzt ließ die Neugier auch Isabelle keine Ruhe mehr. Sie musste erfahren, was da vorne passiert war! So rasch ihre Füße sie trugen, rannte sie hinter ihrem Gefährten her, der seinen Speer wild schreiend über dem Kopf schwenkte.

Die Jäger hatten offenbar in mühevoller Arbeit eine tiefe Grube ausgehoben und zur Tarnung mit dünnen Zweigen überdeckt. Genau darüber hinweg hatten sie das Mammut getrieben. Durch sein eigenes Gewicht war das schwere Tier in die Falle eingebrochen und hockte nun wehrlos in dem tiefen Loch. Ein Entkommen war völlig unmöglich. Nur sein langer Rüssel fuhr immer wieder peitschend in die Höhe und stieß verzweifelte Trompetentöne aus. Doch nicht lange. Die Jäger hatten alles gut vorbereitet um ihre gewaltige Beute rasch töten zu können. Vom Rande der Grube aus stießen sie dem wehrlosen Tier ihre langen Speere von allen Seiten in den unförmigen Leib. Isabelle sah, wie aus seinen Wunden Blut quoll. Sie schrie auf vor Entsetzen.

Da vernahm sie eine wohl bekannte Stimme: »Isabelle! Wach auf! Was ist denn bloß los?«

Erwachen über den Wolken

Isabelle schaute direkt in Suzannes besorgtes Gesicht. »Was ist denn ... wo ... wieso bist du denn auch hier?«, stammelte sie verwirrt. »Ist das Mammut tot? Und wo sind die Männer?«

Jetzt war es an Suzanne, verwirrt zu schauen. Dann aber musste sie laut lachen.

»Mensch, Isabelle. Komm zu dir! Wir sitzen im Flugzeug, 10000 Meter über dem Meer. Sag nur, du hast schon wieder geträumt – von deinen lieben Eiszeitmenschen! Was haben sie denn diesmal angestellt, dass du derart schreist?«

Isabelle holte tief Luft, räkelte sich ein wenig in ihrem Sitz und seufzte: »Oh, Suzanne, lach nicht! Dauernd träume ich davon, seit ich mich mit Jaquin in der Höhle verirrt habe.* Fast jede Nacht, und immer geschieht etwas so Schreckliches, dass ich richtig froh bin, wenn ich wieder aufwache und merke, dass ich in meinem Bett liege!«

Das gleichmäßige Summen der Triebwerke wirkte beruhigend. Ein scheuer Rundblick bestätigte Isabelle noch einmal, was sie längst wusste und was ihr wilder Traum nur vorübergehend hatte vergessen lassen: Sie saß mit ihrer Cousine Suzanne im Flugzeug, mit dem

* Vgl. ›Mit Jeans in die Steinzeit‹.

sie schon vor Stunden von Paris nach Amerika gestartet waren. Wohlig lehnte sie sich zurück und schloss die Augen, um sich die ganze unglaubliche Geschichte noch einmal in Erinnerung zu bringen.

Begonnen hatte alles mit diesem aufregenden Brief aus dem fernen Mexiko. Kurz vor den Osterferien war er in Südfrankreich bei Suzannes Eltern eingetroffen, an Suzanne selbst adressiert. Verdutzt hatte sie den Umschlag mit der fremdländischen Marke herumgedreht um den Absender festzustellen: »Dr. Ramón Perez, Museo Nacional de Antropología, Ciudad de México«. Suzanne hatte zuerst verständnislos ihren Kopf geschüttelt, dann aber neugierig den Umschlag aufgerissen und aufgeregt zu lesen angefangen.

Meine liebe Nichte Suzanne!

Wahrscheinlich bist du sehr überrascht von so weit her einen Brief zu bekommen. Und dann auch noch von einem Onkel, den du überhaupt nicht kennst! Vielleicht hast du bis heute noch nicht einmal gewusst, dass du überhaupt einen Onkel im fernen Mexiko hast. Aber eigentlich ist die Sache ganz einfach. Meine Mutter war eine Tante deines Vaters, dessen Vetter ich also bin. Meine Mutter hat einen Spanier geheiratet und ist mit ihm nach Mexiko gegangen. Dort kam ich zur Welt und bin jetzt 35 Jahre alt, immer noch Junggeselle und Leiter einer Abteilung im Museo Nacional de Antropología, dem großen völkerkundlichen Museum in Mexico City, also der Hauptstadt von Mexiko. Daher weiß ich auch von eurer Entdeckung einer Bilderhöhle aus der Eiszeit, denn darüber berichtete eine unserer Fachzeitschriften recht ausführlich. Na, ich bin richtig stolz gleich zwei so berühmte Nichten zu haben und möchte dich und deine Cousine Isabelle herzlich einladen mich auf einer Inspektionsreise zu begleiten. Es geht zu einigen Ausgrabungsstätten im Süden Mexikos, wo mitten im Urwald seit Jahrhunderten verlassene, zerfallene Städte und Tempel der alten Maya-Indianer entdeckt worden sind. Die ganze Zeit ruhten sie versteckt unter wucherndem Gestrüpp und Lianen. Stell dir das einmal vor: Hunderte von Jahren hat kein Mensch diese uralten Bauten betreten. Welche Überraschungen kann man da erleben, wenn man in die verlassenen Häuser, Pyramiden und Tempel hineinkommt!

Euren Eltern habe ich schon vor zwei Wochen geschrieben und sie gebeten noch nichts von meinem Plan zu verraten, damit er genau zu Ferienbeginn für euch eine wirklich große Überraschung wird! Zu meiner Freude waren sie mit meinen Vorschlägen einverstanden. Es kann also losgehen! Eure Flugtickets liegen in Paris bereit. Von dort fliegt ihr am 25. März ab und ich nehme euch dann auf dem Flughafen von Mexico City in Empfang!

Bis dahin mit herzlichen Grüßen
dein Onkel Ramón

In ihrer Aufregung hatte Suzanne den Brief damals laut gelesen. Dann ließ sie ihn einfach fallen und fiel ihrer Mutter mit einem Jubelschrei um den Hals: »Darf ich wirklich? Sag schnell, ob das auch alles wahr ist. Bitte, bitte, sag doch was! Ist Papa wirklich einverstanden und darf Isabelle auch?«, sprudelte es nur so aus ihr heraus.

»Aber ja, ganz sicher, sonst hätte es dir Onkel Ramón doch nicht geschrieben«, beruhigte sie ihre Mutter und strich ihr über den kurz geschnittenen Haarschopf.

»Wir haben uns natürlich alles gut überlegt, Papa und ich. Wir gönnen euch die schöne Reise, zumal« – hier stahl sich unvermittelt ein schelmischer Ausdruck in ihre Augen – »zumal ihr dort drüben über zwei Wochen lang täglich die beste Gelegenheit habt euer Spanisch zu üben.«

Aber nicht einmal diese an Schule und Zeugnis erinnernde Aussicht konnte Suzannes Glücksgefühl dämpfen. Wie ein Wirbelwind schoss sie über den Hof in die Apotheke ihres Vaters hinüber um sich auch bei ihm zu bedanken. Tatsächlich, er hatte bereits für alles gesorgt. Ein Reisepass mit allen erforderlichen Eintragungen lag bereit, er musste nur noch auf dem Amt von Suzanne selbst unterschrieben werden. Sogar die Abfahrts- und Ankunftszeit ihres Zuges nach Paris zu Isabelle waren vorsorglich notiert auf einer Abhak-Liste mit allem, was sonst noch an Anschaffungen und Ausrüstung nötig war. Was konnte da noch schief gehen?

Und dann ging es ans Planen. Es blieben ja nur noch knapp drei Tage Zeit, denn einen Tag vor dem Abflug musste sie zu Isabelle nach Paris fahren – eine ziemlich lange Reise von Südfrankreich aus.

›Ach du lieber Gott, Isabelle!‹, schoss es ihr durch den Kopf. »Oh, Mama, ich muss doch unbedingt Isabelle anrufen. Bitte, darf ich, jetzt gleich?«

»Klar, die wird schon ganz kribbelig neben dem Telefon hocken, denn sie weiß ja alles schon einen Tag länger als du.«

Suzanne hob den Hörer ab und wählte mit zitterndem Finger die bekannte Nummer. Am anderen Ende meldete sich Isabelles aufgeregte Stimme: »Suzanne? Endlich! Menschenskind, ich bin bald geplatzt, so gespannt war ich, was du jetzt sagst. Einfach toll, supertoll. Versunkene Urwaldstädte und Pyramiden in Mexiko – und wir beide mittendrin, du, ich …«

Suzanne unterbrach den übersprudelnden Redestrom: »Darüber können wir unterwegs noch lange quatschen. Weißt du, wie lange der Flug dauert? Über 15 Stunden mit Zwischenlandung. Was nimmst du mit zum Anziehen? Hast du eine Ahnung, wie heiß es jetzt da drüben ist? Über 40 Grad im Schatten, da bleibt dir einfach erst mal die Luft weg. Muss wie in der Sauna sein. Pack nur leichte Sachen ein, aber feste Schuhe, sagt mein Vater, wegen der Schlangen. Und natürlich einen Sonnenhut und eine Sonnenbrille.«

Isabelle schien nur darauf gewartet zu haben, dass Suzanne irgendwann einmal Luft holen musste, um endlich selbst zu Wort zu kommen: »Klar, Mensch, denkst du, ich hätte die ganze Zeit hier nur Däumchen gedreht? Wann kommst du in Paris an? Wir holen dich am Gare d'Austerlitz ab.«

Suzanne schaute auf ihren Zettel. »Prima! Mein Zug kommt am 24., kurz vor 18 Uhr an. Wenn es nur schon so weit wäre! O je, jetzt muss ich aber Schluss machen, sonst wird es zu teuer und Regis und Philippe muß ich auch noch alles haarklein erzählen, sonst platze ich noch. Wenn die das hören!«

»Na, grüß sie schön von mir und versuch sie zu trösten. Wir bringen ihnen auch was mit, irgendwas Aufregendes. Vielleicht einen vergifteten Pfeil oder einen Schrumpfkopf.«

»Igittigitt, gibt's so was dort?«

»Weiß nicht, wir werden's ja erleben. Also dann: Salut! Bis überübermorgen!«

Nein, glücklicherweise war nichts mehr dazwischengekommen, weder Zahnschmerzen noch irgendeine Erkältung. Die lange Fahrt nach Paris erschien Suzanne zwar endlos, aber schließlich war sie doch überstanden. Sie wusste gar nicht, wie ihr geschah, als Isabelle ihr auf dem vor Menschen wimmelnden Bahnsteig des Austerlitz-Bahnhofs plötzlich um den Hals fiel, während ihr gleichzeitig etwas Zotteliges zwischen die Füße rannte und sie um ein Haar zum Stolpern gebracht hätte. Jaquin, natürlich, der liebe alte Jaquin hatte sie nicht vergessen. Jaulend sprang er an ihr hoch und versuchte immer wieder, ihr mit seiner nassen Zunge übers Gesicht zu lecken. Sie konnte sich kaum befreien um die anderen zu begrüßen.

Ja, und dann, einen Tag später, war es endlich so weit. Isabelles Eltern hatten die beiden zum Flugplatz Orly gefahren und waren, nach Erledigung aller Formalitäten beim Einchecken, bei ihnen geblieben, bis der Flug aufgerufen wurde. Beim wirklich allerletzten Abschied wurde es den beiden doch ein wenig flau im Magen. Besser gar nicht daran denken, wie schrecklich weit sie schon in wenigen Stunden von zu Hause entfernt sein würden!

Und jetzt? Nein, jetzt war wirklich kein Zweifel mehr möglich. Sie saßen im Flugzeug nach Mexiko und kamen ihrem ersehnten Ziel jede Sekunde ein schönes Stück näher. Während Isabelle sich noch einmal alle Aufregungen der Reisevorbereitungen in Erinnerung gerufen hatte, war ihre Angst über den schrecklichen Alptraum mit den Eiszeitmenschen verflogen. Zufrieden blickte sie zu Suzanne hinüber. Und bald schon fielen den beiden Cousinen wieder die Augen zu, zumal das gleichmäßige Summen des Jumbos recht einschläfernd wirkte.

Verdutzt rieben sie sich die Augen, als eine hilfsbereite Stewardess sie sanft wachrüttelte.

»Hallo, ihr seid ja zwei richtige Langschläferinnen. Nicht einmal von unserer Zwischenlandung in New York habt ihr etwas bemerkt. Aber euer Frühstück wollt ihr doch sicher nicht verpassen, oder?«, lachte sie.

Nein, das wollten die beiden nach der langen Nacht nun wirklich nicht! Schnell waren aus den Liegesitzen wieder Sessel geworden und so ließen sie sich's schmecken, während irgendwo hinter ihnen am weiten Horizont die Sonne aufging.

»Du, schau mal!« Suzanne, die auf dem Fensterplatz saß, stupste Isabelle mit dem Ellbogen in die Seite. »Da unten ist überhaupt kein Wasser mehr, nur gelber Boden. Sieht aus wie der Dreck auf einer Baustelle.«

Isabelle beugte sich an ihr vorbei zum Fenster vor. »Klar. Was denkst du denn? Das ist doch bestimmt längst schon Texas!«

Es sollte immer noch zwei Stunden dauern, bis die

Schrift ›Fasten Seat-Belts‹ über den Sitzen aufleuchtete und sie aufforderte die Sicherheitsgurte anzulegen. Ganz allmählich verlor die riesige Maschine an Höhe und begann den Landeanflug. Dann entdeckten sie am Horizont auch schon ein unübersehbares Häusermeer. Das musste Mexico City sein, die Hauptstadt Mexikos mit ihren zahllosen Vororten und insgesamt über 15 Millionen Einwohnern. Immer deutlicher ließen sich bald schon einzelne große Gebäude und Hochhäuser unterscheiden und dann endlich kam auch die lange Betonpiste in Sicht, die ihr Jumbo ansteuerte. Seine Triebwerke schienen plötzlich heller aufzujaulen. Näher und näher rückte die schnurgerade Landebahn, während die Flughafengebäude nur so auf sie zuzuschießen schienen. Zu ihrer Überraschung setzte der Jumbo mit seinen fast 500 Passagieren an Bord so sanft auf, dass diese dem Piloten spontan Beifall klatschten für seine Meisterleistung.

Ohne über das Flugfeld laufen zu müssen gelangten die Mädchen durch einen angekoppelten Verbindungsgang in das Flughafengebäude. Nachdem sie ihre Koffer von einem im Kreis herumlaufenden Fließband gehoben hatten und ihre Pässe kontrolliert waren, galt es, ihren Onkel Ramón irgendwo in diesem Menschengewühl zu entdecken.

»Zu blöd, dass wir kein Foto von ihm haben«, meinte Suzanne und blickte sich ratlos um. »Wir wissen ja noch nicht einmal, wie er aussieht.« Unschlüssig und ein wenig verloren standen sie neben ihren Koffern. Dann raffte Suzanne all ihren Mut zusammen und ging auf eine elegant gekleidete Dame zu, die jemanden zu erwarten schien.

»Entschuldigen Sie bitte, wo kann man hier etwas fragen, ich meine, wo kriegt man hier eine Auskunft?« Doch die Elegante zuckte nur bedauernd mit ihren Schultern und sah sie fragend an. Natürlich! Suzanne schlug sich mit der flachen Hand gegen die Stirn. In Mexiko sprach man ja Spanisch. Wie gut, dass ausgerechnet Spanisch bei ihr zu Hause in Südfrankreich in der Schule als erste Fremdsprache unterrichtet wurde. Endlich konnte man jetzt einmal mit all dem Kram, den man in der Schule pauken musste, etwas Vernünftiges anfangen! »Por favor – bitte«, begann sie und wiederholte ihre Frage nun langsam auf Spanisch. Die Dame hatte begriffen und lächelte hilfsbereit. Doch gerade als sie antworten und erklären wollte, wie sie zur Auskunft käme, stürmte ein gut aussehender Mann mit dunklem, fast schwarzem Haar auf die beiden Mädchen zu.

»Hola – Hallo«, rief er und breitete lebhaft beide Arme aus.

»Seid ihr's wirklich? Bei der Ähnlichkeit kann es ja wohl kaum einen Irrtum geben, ihr seht tatsächlich aus wie Zwillinge. Isabelle und Suzanne aus Frankreich?«

Als sie, noch ein wenig verlegen, aber sehr erleichtert, nicht länger allein und wie verloren in einer völlig fremden Umgebung herumstehen und warten zu müssen, nickten, meinte er strahlend: »Na, dann begrüßt mal euren Onkel Ramón. Hier steht er leibhaftig vor euch, und wenn er eher einen Parkplatz gefunden hätte, wäre er sogar ganz pünktlich gewesen.« Seine herzliche Art verscheuchte im Nu alle Verlegenheit.

»Wie war euer Flug, seid ihr sehr müde?«, erkundigte er sich fürsorglich, während er sie, in jeder Hand einen Koffer, durch die riesige Halle des Flughafengebäudes zum Haupteingang lotste.

»Nein, überhaupt nicht. Wir haben ganz toll gepennt, geschlafen, meine ich natürlich, und vorhin mordsmäßig gefrühstückt. Von uns aus kann es gleich losgehen«, sprudelte Isabelle hervor.

»Prima. Genau das wollte ich euch nämlich auch vorschlagen. Wir haben eine ziemlich weite Reise vor uns und da zählt jede Stunde, besonders die vor der schlimmsten Mittagshitze. Spätestens in drei Tagen muss ich an Ort und Stelle sein – auf Yucatán, ganz im Süden, wo meine Leute gerade Ausgrabungen machen. Am besten fahren wir also tatsächlich gleich los, dann kommen wir heute noch bis nach Oaxaka, der berühmten alten Silberstadt in Mittelmexiko. Nur: Unsere Hauptstadt und ›mein‹ Museum kann ich euch dann erst so richtig zeigen, wenn wir zurück sind. Aber einen ersten Eindruck bekommt ihr ja jetzt doch schon. Bis wir nämlich aus dem Häusermeer hier heraus sind, braucht es eine Weile. Einverstanden?«

»Irre, Onkel Ramón«, entfuhr es Suzanne, und als sie an seinem etwas verdutzten Gesichtsausdruck erkannte, dass er offensichtlich in der gängigen europäischen Umgangssprache nicht ganz bewandert war, verbesserte sie sich schnell. »Ich meine: ganz phantastisch, dein Vorschlag. Je eher es losgeht, um so lieber!«

»Also hört mal, was den ›Onkel‹ betrifft, da komme ich mir direkt uralt vor, wie ein grauhaariger Greis.

Ich mache euch einen Vorschlag. Wo wir jetzt doch Expeditionsgefährten sind, sagt bitte ganz schlicht und einfach Ramón zu mir, ja?«

Als er auf dieses freundliche Angebot hin auf jede Wange einen Kuss erhielt, und das gleich doppelt, wurde er beinahe ein bisschen verlegen.

»Jetzt aber nichts wie in unsere Wohnung«, sagte er schmunzelnd.

»Wohnung?«, echote Isabelle fragend, »ich habe gemeint, wir wollten sofort losfahren, wir haben doch alles schon dabei.«

»Machen wir ja auch, nur keine Angst. Ich glaube, ihr beide werdet gleich eine Überraschung erleben. So, hier herum, dort in der Ecke habe ich endlich einen ausreichenden Parkplatz gefunden. Und ist das nun eine Überraschung oder etwa nicht?«

Er setzte die beiden Koffer ab, tupfte sich mit einem blütenweißen Taschentuch die Schweißperlen von der Stirn und grinste seine verdutzten Nichten erwartungsvoll an. Na, und ob das eine Überraschung war!

Das Ferienhaus auf Rädern

Suzanne hatte der Anblick die Sprache verschlagen und das wollte bei ihr etwas heißen. Vor ihnen stand ein Wohnmobil, ein geräumiges, blendend weiß lackiertes, anscheinend funkelnagelneues Wohnmobil mit einer in der Morgensonne glitzernden Aluminiumtreppe vor der ›Haustür‹, die wie zu einem festlichen Empfang heruntergelassen war.

»Ist das deins, Onkel? Oh, Entschuldigung, Ramón!« Endlich hatte Isabelle die Sprache wieder gefunden. »Fahren wir wirklich damit und wohnen die ganze Zeit darin? Du, das ist ja eine Wucht!«

»Mir privat, wenn du es so meinst, gehört das Wohnmobil nicht.« Ramón machte eine erklärende Handbewegung zu der Aufschrift ›Museo Nacional de Antropología, Ciudad de México‹ auf der schmalen Tür zum Fahrersitz: »Unser Museum hat den Wagen für solche Unternehmen wie dieses ganz neu angeschafft und es steht uns für die Tage unterwegs und auf Yucatán zur Verfügung. Aber jetzt schaut euch doch unsere rollende Ferienwohnung erst einmal von innen an.«

Er zog den Schlüssel aus der Tasche und öffnete die Tür an der Längsseite. »Voilà, meine Damen«, forderte er sie mit einladender Geste zur Besichtigung auf. Das ließen sich die beiden nun wirklich

nicht zweimal sagen. Es war umwerfend, wie Suzanne am Ende einer ausgiebigen Inspektion schließlich mit einem wohligen Seufzer feststellte. Von der winzigen Kochnische mit Propangasherd und Spüle über den prall gefüllten Kühlschrank bis zum rutschsicheren Geschirrbord, einem bequemen Klapptisch und einer – wenn auch engen – Toilettenkabine mit Waschbecken war alles vorhanden, sogar Vorhänge an den drei Fenstern. Über eine abnehmbare Aluminiumleiter kletterte man in die niedrige Schlafkoje über dem Fahrerhaus. Sie enthielt zwei schmale Betten nebeneinander und besaß ein eigenes schmales Fensterchen. Es war, wie Isabelle sofort feststellte, sogar noch ausreichend Platz für die beiden Koffer hinter den Kopfkissen. Wenn man den Vorhang zuzog, war es ein richtiges, gemütliches, wenn auch winziges Schlafzimmerchen für zwei, allerdings nicht sehr große Personen.

Ramón konnte anscheinend Isabelles Gedanken lesen. »Jawohl, das ist euer ›Schlafzimmer‹ da oben. Für mich klappe ich abends einfach nur den Tisch hoch und zur Seite.«

Tatsächlich war aus der plötzlich doppelt so breiten Sitzbank und den Rückenkissen im Handumdrehen eine recht bequeme Liege entstanden: Ebenso rasch war sie auch wieder weggeräumt. Suzanne sprang von der schmalen Leiter zum ›Schlafzimmer‹ und fiel ihrem Onkel begeistert um den Hals. »O Ramón«, rief sie überwältigt, »das ist wirklich bombig. Und jetzt fahren wir gleich?«

»Sofort. Kommt! Es müsste vorn in der Fahrerkabine Platz genug für uns drei sein!«

Isabelle und Suzanne kletterten auf ihre Plätze und dann ging's endlich wirklich auf die Reise, den Abenteuern entgegen.

Ramón steuerte die breite Prachtstraße vom Flughafen ins Stadtzentrum hinunter, vorbei an einem Park mit einem hohen, weiß zwischen dunkelgrünen Baumwipfeln hervorleuchtenden Marmordenkmal.

»Das war unser erster Präsident, Benito Juarez.«

Suzanne nickte. Wo hatte sie nur den Namen schon einmal gehört oder gelesen? Ach ja, in irgendeinem Schmöker von Karl May. Aber da bogen sie auch schon auf den *Zócalo* ein, den großen Platz vor der Kathedrale und dem Regierungsgebäude.

»Ich habe gar nicht gewusst, dass Mexico City so schön ist«, staunte Isabelle.

»Schön?«, meinte Ramón achselzuckend. »Hier vielleicht, da magst du ja Recht haben. Aber warte mal zehn Minuten, dann ist es leider vorbei mit der Schönheit, wenn die Slums beginnen. Das sind die Außenviertel, wo die Armen und Ärmsten hausen, wohnen kann man das nämlich kaum noch nennen.«

»Du, Ramón«, Isabelle schaute wie suchend in die Straßen und Häuserschluchten, »stimmt es wirklich, dass hier früher ein See war? Ich meine damals, als die Spanier Mexiko eroberten?«

Ramón nickte. »Ja, sogar dort, wo heute der mächtige Dom steht, war ursprünglich nichts als Wasser!«

»Aber mittendrin«, meinte Isabelle, »auf einer Insel im See, da hatte der Aztekenkaiser Montezuma seinen prächtigen Palast, mit einer ganzen Stadt drumherum.«

»Konnten da die Leute immer nur mit Booten aufs Festland hinüber?«, wollte Suzanne wissen.

»Ach wo!« Isabelle schüttelte den Kopf. »Die alten Azteken hatten doch schmale Dämme angelegt, über die sie laufen konnten. Gefahren sind sie ja nicht, weil es damals noch keine Pferde in ganz Amerika gab und keine Wagen.«

Suzanne staunte nicht schlecht. »Woher weißt du das alles so genau?«

»Na, was glaubst du denn? Als Mama mir von Ramóns Brief erzählte, hab ich mir sofort aus unserer Schulbibliothek ein Buch über die Entdeckungsgeschichte Mexikos ausgeliehen und alles darüber gelesen. Du wirst dein blaues Wunder erleben, was wir hier noch alles zu sehen bekommen. Warte nur ab!«

Als die verblüffte Suzanne gerade weiter fragen wollte, quäkte aus einer Ecke des Wohnmobils eine laute Stimme dazwischen. Erschreckt fuhr sie zusammen, zumal es ganz und gar unmöglich war, von diesem heiser gekrächzten Spanisch auch nur ein einziges Wort zu verstehen. Fragend schaute sie zu Ramón. Aber der legte nur seinen Finger auf die Lippen und bedeutete den beiden Mädchen still zu sein. Es musste schon etwas Besonderes sein, was man ihm da per Funk mitteilte. Denn als der Lautsprecher endlich verstummte, bremste er plötzlich scharf und schaute aufgeregt nach allen Seiten, bis er eine günstige Gelegenheit zum Wenden fand. Dann gab er so urplötzlich Gas, dass die Mädchen beinahe von ihrem Sitz rutschten. Mit der gerade noch erlaubten Höchstgeschwindigkeit jagte er auf dem breiten Boulevard dahin.

»Was is'n jetzt kaputt?« Suzanne schaute ihn herausfordernd von der Seite an. »Müssen wir wieder zurück?«

Ramón wischte sich mit einer fahrigen Geste die Schweißtropfen von der Stirn. »Ja, aber nur für eine kurze Unterbrechung. Arbeiter haben in einer neuen Baugrube mitten in der Stadt beim Ausbaggern einen aufregenden Fund gemacht. Den muss ich mir unbedingt ansehen!«

»Aufregend?« Isabelle stieß Suzanne mit ihrem spitzen Ellenbogen in die Rippen. »Du, ich glaube, unsere Abenteuer beginnen jetzt schon!«

Ein unheimlicher Fund

Mit quietschenden Bremsen stoppte Ramón das Wohnmobil so unerwartet, dass Isabelle und Suzanne unsanft gegeneinander stießen. Sie hielten neben einem tief klaffenden Loch zwischen hohen Häusern, der Baugrube für einen neuen Wohnblock. Ein Arbeiter mit Schutzhelm trat auf Ramón zu und deutete aufgeregt auf den Boden der Grube.

»Dass ihr mir da nicht hinunterfallt«, ermahnte Ramón die beiden Mädchen. »Kommt, dort drüben können wir gefahrlos zu den Arbeitern in die Grube hinuntersteigen.«

Unten angekommen machten die Arbeiter dem Archäologen und seinen Nichten sofort Platz. Gespannt suchten sie den aufgewühlten Boden ab.

Suzanne spürte, wie ihr trotz der Hitze eine Gänsehaut über den Rücken lief. »Da!«, hauchte sie und packte Isabelle am Arm. »Ein Totenschädel und Menschenknochen!«

Tatsächlich! Isabelle beugte sich noch etwas vor um alles besser in Augenschein nehmen zu können. »Der Mensch ist umgebracht worden«, wisperte sie. »Siehst du, dass seine Schädeldecke ganz zersplittert ist?«

»Ein Ermordeter?« Fragend blickte Suzanne zu Ramón auf. Der ging dicht neben dem Skelett in die

Hocke. »Ein Erschlagener, ja! Schaut nur!« Vorsichtig kratzte er die Erde von einem seltsam rötlich schimmernden Klumpen neben dem Totenschädel. »Ein Helm!«, stammelte Isabelle. »Ein ganz verrosteter eiserner Hut, wie ihn die Spanier damals im 16. Jahrhundert als Kopfschutz gegen Schwerthiebe trugen. Du, Ramón, meinst du, das ist einer von den spanischen Soldaten, die die Azteken erschlagen haben? Schau doch! Sein Schädeldach ist zersplittert! Das kann doch nur durch einen kräftigen Hieb mit einem Streitkolben passiert sein. Ich habe gelesen, dass die Azteken ihre hölzernen Streitkolben mit den scharfkantigen Splittern von glasharten Obsidian, einem Vulkangestein, gespickt hatten.«

Suzanne schüttelte sich. »Scheußlich auf so eine Art ums Leben zu kommen, der arme Kerl!«

Ramón blickte Isabelle anerkennend an. »Du könntest ja wirklich Kriminalkommissarin werden«, meinte er schmunzelnd. »Das hätte selbst ich als Fachmann nicht besser erklären können.« Suchend glitten seine Finger über den Fund. »Aha!« Er hob das in der grellen Sonne hell schimmernde Schienbein des Skeletts an – und plötzlich blitzte etwas auf seiner rechten Hand, die er seinen beiden Nichten triumphierend entgegenstreckte.

»Gold!«, stammelte Suzanne, »ein richtiger Goldbarren.«

»Und da!« Isabelle begann vor Aufregung zu stottern und wies mit ausgestreckter Hand auf die Stelle, wo vom Ledergürtel des Kriegers noch eine Metallschnalle zu erkennen war. »Da blinkt es auch wie Gold! Sieh doch, Ramón!«

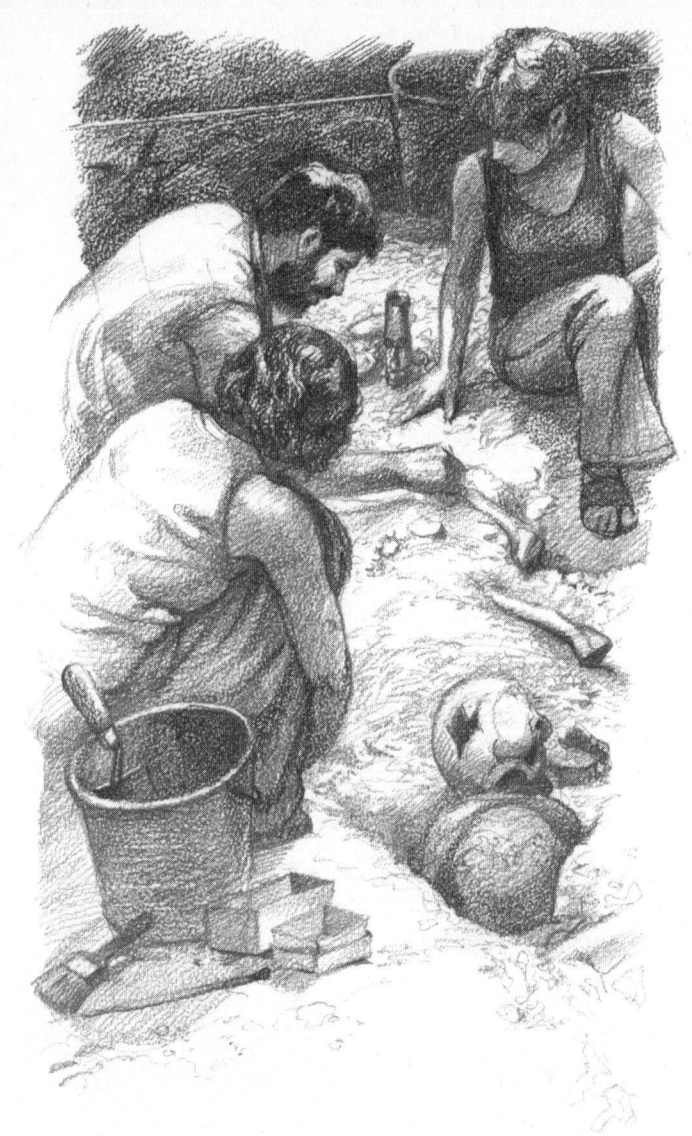

Aber der hatte es schon selbst bemerkt und scharrte ungeduldig, aber mit der gebotenen Vorsicht, die lockere Erde zur Seite. Immer mehr leuchtendes Gold förderte er ans Tageslicht! Wundervolle Becher, allerlei seltsame Figürchen, Ketten aus Goldperlen und breite Armbänder. Die Augen der beiden Mädchen glänzten bald nicht weniger als das unversehrte Gold, das Ramón neben dem Skelett behutsam auf dem geglätteten Boden ausbreitete.

»Das muss einer der spanischen Söldner gewesen sein, die in der *noche triste* ums Leben kamen«, erklärte Ramón.

»*Noche triste* – die traurige Nacht?« Suzanne blickte ihn fragend an.

»Ja, so nannte man die Nacht, in der der Eroberer Cortez mit seinen Truppen aus der Stadt des Montezuma fliehen musste. Im Jahre 1520 war das, als die unterdrückten und ausgebeuteten Azteken endlich einen Aufstand probten. Könnt ihr euch vorstellen, wie grässlich das gewesen sein muss? Im Finstern der Nacht schlichen sich die Spanier aus dem Schloss Montezumas, das sie besetzt hatten. Aber die Azteken hörten das Klirren ihrer Eisenrüstungen und das Stampfen der Pferdehufe. Von allen Seiten eilten sie herbei mit ihren fürchterlichen Streitkolben! Und während die Spanier immer hastiger dem zum anderen Ufer hinüberrettenden Damm entgegeneilten, begannen rundum die Trommeln der Aztekenpriester dumpf zu dröhnen und die Indianer erhoben ihr schrilles Kriegsgeschrei, unterstützt durch den ohrenbetäubenden Lärm ihrer Kriegspfeifen! Zu alledem goss auch noch der Regen in Strömen herab und ließ den Dammweg glitschig werden. Immer wieder glitten die schwer gepanzerten Söldner aus und rutschten in den See!«

Suzanne und Isabelle hatten dem Archäologen gebannt zugehört. »Und? Erreichten sie das rettende Ufer? Erzähl schon und spann uns nicht so auf die Folter!«

»Nur ein kleiner Teil – ein Drittel etwa! Alle anderen wurden trotz ihrer tapferen und verzweifelten Gegenwehr erschlagen. Die vom Damm abrutschten, hatten kaum noch die Möglichkeit, sich wieder aufs halbwegs Trockene zu retten. Und wisst ihr, warum? Weil sie, wie der arme Kerl da vor uns, zu viel Gold aus der Schatzkammer des Aztekenkaisers mitgeschleppt hatten. Unter ihre Brustpanzer hatten sie es gesteckt und sogar in ihre Stiefelschäfte. Aber Gold ist ja noch schwerer als Blei und genau das wurde ihnen zum Verderben! Es zog sie durch sein Gewicht unrettbar in die Tiefe des Sumpfes. Cortez, der sie vor der Flucht vergeblich davor gewarnt hatte, zu viel Gold mitzuschleppen, erreichte zwar mit dem kümmerlichen Rest seines stolzen Heeres das feste Land, aber er hatte alle Feuerwaffen, vor denen sich die Azteken so fürchteten, samt den Pulvervorräten verloren und die meisten seiner Pferde!« Ramón nickte nachdenklich. »Ja, da glaubte unser spanischer Söldner für den Rest seiner Tage ausgesorgt zu haben und als ein reicher Mann in seine ferne Heimat zurückzukehren. Und dann ist ihm ausgerechnet der gestohlene Reichtum zum Verhängnis geworden.«

»Was geschieht jetzt mit seinem Goldschatz?«, unterbrach ihn Isabelle und blickte erwartungsvoll zu Ramón hinüber.

»Der erhält in unserem Museum in Mexico City bestimmt eine eigene Vitrine! Aber vorher muss hier an Ort und Stelle noch alles genauestens vermessen und fotografiert werden. Das machen meine Mitarbeiter vom Museum, die schon verständigt sind und sich sicher sofort auf den Weg gemacht haben.«

Sie ließen nicht lange auf sich warten. Ramón zeigte ihnen, was er bereits gefunden hatte und gab genaue Anweisungen für die Bergung des Skeletts und der Schätze. »Vor allem müssen jetzt zuerst einmal sämtliche Baggerarbeiten eingestellt werden«, mahnte er. »Sie dürfen erst wieder aufgenommen werden, wenn feststeht, ob dieser Fund hier wirklich der Einzige ist!«

»Meinst du, da könnten noch mehr Spanier versunken sein?« Isabelles Augen funkelten vor Neugier und Erwartung. »Mensch, Suzanne, wenn wir doch nur bleiben und mit im Dreck buddeln könnten!«

Ramón musste lachen. »So einfach buddeln darf man da nun wirklich nicht! Dabei könnte viel zu viel beschädigt werden. Nein, da muss sorgfältig und mit viel Geduld jeder Quadratdezimeter Boden untersucht werden, damit auch nicht die geringste Kleinigkeit übersehen wird. Überlasst das lieber den Spezialisten, wir müssen uns auf den Weg machen. Ihr werdet noch genug Abenteuerliches zu sehen bekommen, das verspreche ich euch!«

Na ja, das war immerhin ein Trost! Folgsam kletterten sie hinter Ramón aus der Baugrube und in ihr ›fahrbares Ferienhaus‹, wie Suzanne das Wohnmobil treffend getauft hatte.

Als sie bereits eine Weile unterwegs waren, meinte

Ramón: »Was übrigens das Buddeln angeht, so werdet ihr in Yucatán noch genug Gelegenheit dazu haben und ihr werdet ganz gewiss auch etwas dabei finden. Dinge, die älter sind als alles, was hier in der Stadt noch im ehemaligen Seeschlick liegen mag. Da, schaut, jetzt sind wir schon mittendrin in den Slums.«

Sie fuhren mehrere Kilometer entlang an armseligen, niedrigen Behausungen, die meisten nur mit rostigem Blech notdürftig gedeckt. Dazwischen lagen verwahrloste Höfe voller Autowracks. Überall wimmelte es von barfüßigen Kindern.

»Eigentlich müssten wir uns direkt schämen, weil es uns so viel besser geht«, meinte Suzanne nachdenklich.

»Ja«, seufzte Ramón. »Die wirtschaftliche Lage hier ist eine Katastrophe und es sind einfach zu viele Menschen um allen helfen zu können.«

»Du«, Isabelle kam eine Idee, »was meinst du, Suzanne, wenn wir erst wieder zu Hause sind, dann könnten wir doch vielleicht auch was tun, uns an die Caritas oder an Unicef wenden. Da wird doch regelmäßig für Südamerika gesammelt. Wir könnten doch in der Schule was auf die Beine stellen, einen Basar oder so.«

Sie war plötzlich Feuer und Flamme vor Begeisterung. »Was meinst du? Da bekämen wir doch ganz bestimmt was zusammen.«

»Toll«, bekräftigte Suzanne. »Meinst du, dass so was möglich ist, Ramón?«

»Aber ja, das ist wirklich eine gute Idee. Damit hättet ihr bestimmt Erfolg. Wer das Elend hier mit eigenen Augen gesehen hat, dem glaubt man eher als den Plakaten mit ihren ewig gleichen Spendenaufrufen.«

Während die beiden Cousinen eifrig Pläne schmiedeten, wie sie, wieder zu Hause in Frankreich, den Kindern in Mexikos Vorstadtslums helfen könnten, merkten sie kaum, dass die Elendsviertel bereits weit hinter ihnen lagen. Die gut asphaltierte Straße führte jetzt zwischen Ödland und spärlich eingestreuten Feldern schnurgerade nach Süden. Nur hier und da, wo es galt, größere Steigungen zu überwinden, schlängelte sie sich in engen Serpentinen aufwärts. Von den Höhen aus eröffnete sich ihnen immer wieder ein ungehinderter Fernblick über Felder mit Mais und anderen, ihnen unbekannten Pflanzen bis zu fast völlig ausgetrockneten, sich breit durch die Ebenen windenden Flussbetten mit ausgedehnten Sandbänken und nur spärlichem Uferbewuchs aus einer Art hohem Schilf. Durch die Hitze und Trockenheit war der Boden rissig, vor seinem gelbroten Hintergrund hoben sich um so auffallender die dunkelgrünen, dickfleischigen und wie mächtige Schwertklingen geformten Blätter der Agaven ab, die an vielen Stellen die Straße säumten. Aus einigen der breit ausladenden Blattrosetten ragten schenkeldicke Stämme mehrere Meter in die Höhe und trugen an ihren Seitenästen büschelweise gehäufte Blüten.

»Agaven blühen erst nach vielen, vielen Jahren und dann merkwürdigerweise nur ein einziges Mal«, erklärte Ramón, »dann sterben sie ab. Wenn man das ›Herz‹ in der Mitte so einer Blattrosette herausschneidet, sammelt sich in der Höhlung süßlicher Agavensaft und fängt in der Hitze schon bald an zu *Pulque* zu vergären. Das ist ein angenehmes, frisches Getränk, ihr dürft es ruhig einmal probieren – aber wirklich nur probieren«, meinte er mit einem schelmischen Seitenblick. »Immerhin enthält der Pulque ja Alkohol – wenn auch nicht viel, aber der ist immer gefährlich.«

Suzanne hörte schon nicht mehr zu, sie hatte etwas Neues entdeckt. »Guckt mal, Schnee!«, rief sie.

»Du bist wohl übergeschnappt oder siehst du bei der Hitze schon Gespenster?« Isabelle sah sie ungläubig an.

»Doch wirklich, da drüben, nein, da hinten meine ich, da auf den beiden hohen Bergen, siehst du ihn immer noch nicht?«

Tatsächlich. Fern am Horizont ragten zwei riesenhafte Bergkegel in den Schönwetterdunst eines sonst tiefblauen Himmels, deren Gipfel wie mit weißen Mützen von leuchtendem Schnee bedeckt waren.

»Schön, nicht?«, meinte Ramón. »Der da«, nickte er mit dem Kopf in Richtung des höheren Berges, »ist der höchste Berg Mexikos, der Popocatepetl, um die 4000 Meter hoch. Da bleibt sogar hier der Schnee liegen.«

»Puh«, seufzte Isabelle, »wenn wir jetzt da oben eine Schneeballschlacht machen dürften!«

»Macht euch die Hitze jetzt schon zu schaffen? Dabei haben wir hier im Wagen eine Klimaanlage. Wartet erst mal, bis wir später Rast machen und aussteigen. Da werdet ihr euch noch wundern!«, warf Ramón spöttisch ein.

Und ob sich die beiden wunderten!

»Mensch, ich glaube, mir haut einer einen Knüppel über den Schädel«, stöhnte Suzanne, als sie etwa drei

Stunden später von der einsamen Straße durch ein schier endloses Niemandsland abbogen und Ramón das Wohnmobil schließlich zwischen weit auseinander stehenden mächtigen Kandelaberkakteen parkte. Dort gab es zwischen haushohen Opuntien hier und da wenigstens ein kleines bisschen Schatten. Doch selbst hier zeigte das Thermometer, das Ramón an einem kräftigen Kaktusdorn im Schatten aufgehängt hatte, fast vierzig Grad!

Gerade noch mal gut gegangen!

Staunend blickten Isabelle und Suzanne sich um. »Hier sieht's aus wie in den Westernfilmen«, urteilte Isabelle. Neugierig ging sie näher an eine der hohen Kandelaberkakteen heran. »Was sind denn das für komische Watteflöckchen zwischen den Dornen?«

»Drück mal fest mit dem Finger drauf«, forderte Ramón sie auf.

»Und?«, fragte Isabelle verdutzt, als sie nicht das Mindeste spürte.

»Fällt dir gar nichts auf an deinem Finger?«

Isabelle stieß einen kleinen Überraschungsschrei aus: »Blut! Ramón, ich blute, schau, da, aber es tut überhaupt nicht weh.« Verwirrt starrte sie auf ihre tiefrote Fingerkuppe.

»Nein, nein«, lachte Ramón wie über einen gelungenen Scherz. »Das ist kein Blut. Du hast nur eine Koschenillelaus zerquetscht, die haben so einen knallroten Saft.«

»Igitt.« Isabelle versuchte die ›Blutfarbe‹ abzuwischen. »Läuse? Und dabei sehen sie doch wie harmlose Watteflöckchen aus!«

»Das ist nichts als Tarnung mit ausgeschwitztem hellem Wachs«, erklärte Ramón, »du bist ja selbst darauf hereingefallen. Außerdem schützt das Wachs die Tiere vor dem Wasserverlust – beinahe so wie ein imprägnierter Regenmantel. Übrigens sind das nur Pflanzenläuse, sie saugen Kaktussaft, kein Menschenblut. Vor denen braucht ihr euch nicht zu fürchten. Diese Koschenilleläuse sind weltberühmt. Man hat ihren Farbstoff für alles Mögliche gebraucht, sogar für Lippenstifte.«

»Pfui Teufel, Läusefarbe auf die Lippen.« Suzanne schüttelte sich.

Während Isabelle noch einmal versuchte ihre Finger von der Farbe zu befreien, kurbelte Ramón an der Längsseite des Wagens eine Schatten spendende Markise heraus und stellte mit wenigen Handgriffen drei Klappstühle und den abnehmbaren Tisch aus dem Inneren für ein Picknick darunter. Aus dem Kühlschrank gab es herrlich saftige Melonen als Vorspeise. Ein paar Eier waren rasch in die Pfanne geschlagen und brutzelten verführerisch auf dem Propangasherd. Speck wollte allerdings niemand dazu, dafür war es dann doch zu heiß. Der kühle, frische Ananassaft zum Abschluss ließ die Hitze etwas erträglicher erscheinen. Suzanne stand auf und reckte die Arme.

»Puh, hier schwitzt man ja sogar im Sitzen.« Suchend schaute sie sich um. »Bin gleich wieder da«, meinte sie zu Isabelle, »kannst ja schon mal anfangen zu spülen.« Schon war sie zwischen den dornigen Opuntien verschwunden.

»Lauf nicht so weit«, rief Ramón ihr nach. »Das ist Wildnis hier und kein friedlicher Stadtpark. Pass auf, wo du hintrittst.« Er goss sich noch ein wenig Saft nach und lehnte sich in seinem Klappsessel zurück.

»Gibt es hier wilde Tiere?« Isabelle blickte ihn etwas ungläubig über den Rand ihres Glases hinweg an.

»Kommt darauf an, was man darunter versteht. Wenn du an Löwen und Tiger denkst, natürlich nicht. Aber auch kleinere Tiere können sehr gefährlich werden, gewisse Spinnen zum Beispiel oder Skorpione mit ihrem Schwanzstachel und ...«

Ein schriller Aufschrei unterbrach die Aufzählung und ließ die beiden zusammenfahren. Die unmittelbar darauf folgende Totenstille war beinahe noch unheimlicher. Isabelle starrte ihren Onkel entsetzt an.

»Was ... was ...?«, war alles, was sie stammelte. Sie musste schlucken und brachte nur noch ein gehauchtes »Suzanne!« heraus.

Ramón aber war bereits derart ungestüm aufgesprungen, dass sein Stuhl polternd umfiel. Ohne ein Wort hechtete er zum Wohnmobil, an dessen Wand ein nicht benutzter Zeltstab lehnte.

»Rasch in den Wagen, die Tür zu und nicht von der Stelle gerührt, bis ich zurück bin«, schrie er Isabelle zu. Gleichzeitig packte er den spitzen Leichtmetallstab wie einen Säbel und stürmte, so gut es das Kaktusgestrüpp zuließ, mit großen Sätzen in die Richtung, aus der jener markerschütternde Schrei erklungen war.

Aber bald schon musste er sich, trotz aller Angst um seine Nichte, vorsichtiger voranarbeiten um sich nicht an den langen, kräftigen Dornen Kleider und Haut aufzureißen. Glücklicherweise brauchte er nicht lange zu suchen. Zwischen den zum hitzeflimmernden Himmel emporgereckten Armen einiger mächtiger Kandelaberkakteen tauchte unversehens Suzannes zerzauster Wuschelkopf auf. Gerade wollte

Ramón ihr zurufen, sie brauche sich nicht mehr zu fürchten, als ihn ihre starre Haltung stutzen ließ. Was war das? Weshalb starrte sie wie gebannt vor sich auf die Erde? Leise, jedes Geräusch vermeidend, schlich sich Ramón näher heran, bis er endlich die ganze grauenhafte Szene vor Augen hatte.

Trotz der brütenden Hitze lief ihm ein kalter Schauer über den Rücken. Da stand seine Nichte, vor Entsetzen zu keiner Bewegung fähig, am Rand einer winzigen Lichtung im Dorngestrüpp und vermochte ihre Augen nicht von irgendetwas Fürchterlichem zu lösen, das sich anscheinend direkt vor ihren Füßen auf dem Boden befand. Und jetzt sah es auch Ramón: Da lag, den langen schuppigen Leib zusammengerollt, aber den Kopf drohend und züngelnd gegen Suzanne hochgereckt, eine große Klapperschlange!

»Rühr dich nicht! Bitte, bleib ganz ruhig!« Trotz seines heiseren Flüsterns hatte Ramóns Stimme einen fast flehenden, beschwörenden Ton. Langsam, jedes Rascheln sorgsam vermeidend, schob er sich näher heran. Dann packte er den Zeltstab fest mit beiden Händen, hob ihn langsam, ganz langsam immer höher bis über seinen Kopf und stampfte dann plötzlich fest mit dem Fuß auf die ausgedörrte, rotbraune Erde. Blitzschnell fuhr das giftige Reptil herum, aber im selben Augenblick sauste Ramóns ›Waffe‹ nieder und zerschmetterte ihm die Wirbelsäule dicht hinter dem Kopf. Noch ein paar hektische Zuckungen, dann lag die Schlange reglos in der prallen Sonne.

Ramón ließ seinen Zeltstab fallen, setzte mit einem Sprung über das tote Reptil hinweg und konnte Suzanne gerade noch auffangen. Schlaff, wie leblos, hing sie in seinen Armen. Ihr Gesicht war auf einmal weiß wie eine frisch gekalkte Wand.

»Oh, Ramón«, sie konnte nur heiser flüstern, »du hast mir das Leben gerettet.«

»Na, na«, meinte der begütigend, strich seiner Nichte sachte übers Haar und versuchte ihren Schock durch einen Scherz zu überwinden: »Was meinst du wohl, was deine Eltern mit mir gemacht hätten, wenn du von dem Biest gebissen worden wärst! Geht's jetzt wieder?« Suzanne nickte zaghaft und richtete sich auf. Sogar einen verstohlenen Seitenblick auf die tote Schlange wagte sie.

»Was ist das für eine? Ist sie giftig?«

»Und ob! Eine Texas-Klapperschlange. Die haben bis zu zwei Zentimeter lange Giftzähne und verursachen in Amerika die meisten Unfälle mit Giftschlangen. Komm, die nehmen wir mit, Isabelle soll sie auch sehen, damit ihr euch in Zukunft noch mehr in Acht nehmt.«

Er packte das Tier hinter dem Kopf und hob es vorsichtig auf.

»Ramón, um Himmels willen, die lebt noch«, schrie Suzanne. »Da, sie hat ihre Augen ganz weit offen.«

Jetzt musste ihr Onkel aber doch lächeln. »Was lernt ihr eigentlich bei euch in Frankreich im Biologieunterricht? Schlangen haben doch gar keine Augenlider, die können also ihre Augen gar nicht zumachen – nicht einmal, wenn sie tot sind.«

Suzanne war die Sache dennoch nicht ganz geheuer. Jetzt, auseinander gerollt, zeigte sich, dass die Schlange nahezu zwei Meter lang war. Die Grundfarbe ihres Körpers war grau, aber längs des Rückens zierten ihn zahlreiche schwarze, weiß umrandete, rautenförmige Flecken und in der Schwanzregion abwechselnd schwarze und weiße Bänder.

Isabelle hatte, ungeachtet der Hitze, vor lauter Angst alle Fenster des Wohnmobils fest verschlossen. Als sie Suzanne und Ramón zwischen den Kakteen auftauchen sah, riss sie die Wagentür auf und stürzte ihnen aufgeregt entgegen.

»Mensch, Suzanne, bin ich froh! Ich dachte schon, es wäre dir was passiert.« Sichtlich erleichtert umarmte sie ihre Cousine – und fuhr mit einem Schrei zurück, als sie plötzlich die riesige Schlange von Ramóns Hand herabbaumeln sah.

»Ganz ruhig, die tut keinem mehr etwas«, beruhigte der sie und zeigte ihr das tote Reptil.

»Hat sie dich etwa gebissen, Suzanne?« Isabelles Stimme war rau vor Schreck.

»Nein, dann wäre ich wohl jetzt nicht hier.«

Isabelle musste schlucken, so trocken war ihr Mund, als Ramón mit Hilfe seines Taschenmessers den Kiefer der Schlange öffnete. Dabei richteten sich die vorher nach innen umgeklappten langen Giftzähne auf. »Das ist ein ziemlich komplizierter Hebelmechanismus«, erklärte er. »Wenn die Schlange ihr Maul aufreißt, werden die Giftzähne sozusagen automatisch in Beißstellung gebracht. Das Gift zersetzt das Blut und lähmt gleichzeitig das Nervensystem. Wenn nicht sofort ein Anti-Serum gespritzt wird, wirkt es unbedingt tödlich.«

Isabelle schauderte. »Haben wir so ein Gegengift dabei?«

»Klar, in unserer Reiseapotheke. Aber ich hoffe, dass wir es nie brauchen, denn erstens sind diese Klapperschlangen so weit im Süden nicht mehr sehr häufig, und zweitens werdet ihr ja wohl in Zukunft noch ein bisschen vorsichtiger sein, wenn ihr durch die Wildnis streift.«

Inzwischen hatte auch bei Suzanne die Neugier über die Angst gesiegt. »Warum heißt sie eigentlich Klapperschlange?«, wollte sie wissen.

»Ganz einfach weil sie klappern kann«, erklärte Ramón, »oder eigentlich ist das Geräusch mehr ein Rasseln. Ob sie das macht um ihre Feinde zu erschrecken oder aber um ihr Beutetier zu ›bannen‹, hat man noch nicht genau herausgefunden.«

»Aber womit klappern oder rasseln sie denn?« Die Mädchen betrachteten suchend den glatten Schlangenkörper. Ramón hob das Schwanzende des Tieres hoch und deutete auf ein paar trockenhäutige Schuppenringe. Als er den Schlangenschwanz kräftig hin und her schüttelte, schlugen sie wie etwas zu locker sitzende Armbänder gegeneinander.

»Das sind Reste der alten Schlangenhaut, die von der letzten Häutung übrig geblieben sind. Wenn das Tier seine Schwanzspitze hochreckt und rasch hin- und herzittern lässt, dann prallen sie gegeneinander und auch gegen die Schwanzschuppen. Das rasselt dann. Ihr habt's ja eben hören können.«

»Und was machen wir jetzt mit dem toten Vieh?«

»Leider können wir sie nicht zum Präparieren mitnehmen. Häufen wir rasch ein paar Steine über ihren Körper, die Erde ist zum Begraben viel zu hart.«

Die Arbeit war schnell getan.

»Lasst auch von einer toten Schlange die Hände weg«, ermahnte sie Ramón, »in manchen Fällen genügt es nämlich schon, wenn man einen Giftzahn nur zufällig berührt. Und jetzt hinein in den Wagen, es wird höchste Zeit, dass wir endlich weiterkommen.«

Die Kühle im klimatisierten Wohnmobil war wohltuend. Wieder ging es stundenlang bergauf und bergab, meist durch Wildnis ohne jede menschliche Siedlung. Auch kein einziges Auto oder sonst ein Gefährt begegnete ihnen. Nur hier und da sahen sie von fern ein paar Maisfelder. Selten kamen sie durch eines der kleinen Dörfer mit wenigen niedrigen Häusern und einer Tankstelle mit ›Bar‹, vor der im Schatten eines zerschlissenen Strohdachs die ganze Familie während der größten Mittagshitze in Hängematten schaukelte oder schlief.

Einmal hielten sie kurz neben einem allein stehenden Gehöft, einer niedrigen, ärmlichen Hütte aus miteinander verflochtenen Holzprügeln, gegen die Lehm geworfen war und die nur ein Strohdach bedeckte.

Ramón wollte seinen Nichten zeigen, wie die meisten Menschen hier in der Sierra Madre lebten. Durch die unverschließbare Tür fiel spärliches Licht ins Hütteninnere und ließ den gestampften Lehmboden, eine offene Feuerstelle und etwas kümmerliches Geschirr erkennen, das auf einer Holzbank stand. In dem Hof, der notdürftig durch in den Boden gesteckte Holzprügel und stachelige Opuntien eingezäunt war, wälzten sich ein paar magere Schweine im Schmutz. Überall liefen barfüßige Kinder herum, die die beiden hellhäutigen Mädchen aus großen, runden, fast schwarzen Augen anstarrten. Als Suzanne eine Handvoll Bonbons aus ihrer Umhängetasche hervorkramte und sie zu verteilen begann, gab es ein quirliges Gedränge und Entgegenstrecken von schmutzstarrenden Händen. Eine weißhaarige Greisin kam aus der Hütte und streckte Ramón bettelnd die Hand entgegen. Isabelle sah, wie er etwas aus seiner Tasche zog und ihr hineindrückte.

Was dann geschah, konnte Ramón selbst allerdings nicht sehen, weil er sich bereits wieder umgedreht hatte und auf den Wagen zuging: Die alte Frau nahm das Geld in ihre abgearbeitete linke Hand, hob ihre rechte und schlug mit ihr feierlich und in tiefem Ernst ein großes Kreuz über dem fremden Spender.

Isabelle erzählte es ihm, als sie schon längst wieder unterwegs waren.

»Ja«, sagte Ramón nachdenklich, »so sind die Menschen hier. Bei aller Armut haben sie immer noch ihren Stolz und lassen sich nichts einfach nur so schenken. Die alte Frau hatte nichts, was sie uns als Gegengabe überreichen konnte – nur ihren Segen für den Wohltäter, für den sie mich anscheinend wegen der paar Pesos gehalten hat. Zugleich ist der Segen auch ein Gebet zum Wohlergehen für ihn. Eine schöne Sitte, nicht?«

Stunde um Stunde verging. Als der glühende Sonnenball hinter einer fernen Bergkette versank, spürten Suzanne und Isabelle, wie müde sie nach all den Strapazen und neuen Erlebnissen waren. Als sie später noch einmal in einem Dorf hielten um zu tanken und eine Kleinigkeit zu essen, schlug Ramón vor: »Legt euch doch einfach schon schlafen. Es gibt ja jetzt, wo es dunkel wird, doch nichts mehr zu sehen und es dauert immerhin noch eine ganze Weile, bis wir am Ziel unserer ersten Tagesfahrt sind. Also nichts wie ins ›Schlafwagenabteil‹ mit euch.«

Ein solches Angebot ließen sie sich nicht zweimal machen. Was für ein Gedanke: im Bett zu liegen, dabei durchs Fenster schauend durch ein unbekanntes, fremdes und abenteuerliches Land zu fahren! Doch kaum hatten es sich die beiden auf ihrer luftig-hohen Lagerstatt so bequem wie möglich gemacht und sich wohlig ausgestreckt, da fielen ihnen auch schon die Augen zu. Wie weit Ramón noch in die rasch herabsinkende klare Nacht hineinfuhr, merkten sie nicht.

Frühstück zwischen Pyramiden

Um so größer war die Überraschung am nächsten Morgen. Durch das schmale Fensterchen der niedrigen Schlafkabine über dem Fahrerhaus fiel ein gleißender Sonnenstrahl auf Isabelles Gesicht. Schlaftrunken drehte sie sich zur Seite und zog die dünne Decke über ihre Schulter. Aber es nützte nichts. Die blendende Helle drang sogar durch ihre geschlossenen Lider. Brummend rieb sie sich die Augen, richtete sich unwirsch auf und – Peng! – knallte ihr Kopf unsanft gegen das blecherne Wagendach, dass es nur so schepperte.

»Autsch, verflixt und zugenäht!« Sie fasste sich an den schmerzenden Schädel und wollte sich gerade wieder zurechtkuscheln, als Suzanne von dem Lärm ebenfalls wach wurde. »Was ist denn los?«, gähnte sie.

»Die blöde Decke«, nuschelte Isabelle. »Hier kann man sich ja nicht einmal aufsetzen ohne sich den Kopf zu stoßen.«

Suzanne schien erst jetzt zu bemerken, dass draußen bereits heller Tag war. »Du, wo sind wir denn eigentlich?« Sie richtete sich vorsichtig auf und zog den Vorhang zum Wageninneren etwas zur Seite. »Ramón muss schon aufgestanden sein. Komm, wir gucken mal raus.«

Aber das tat Isabelle bereits. Sie hatte sich herumgedreht, so gut es eben in der engen, niedrigen Kabine ging und ihren Kopf unter dem Fenstervorhang hindurchgesteckt. »Mensch, Suzanne, schnell, schau dir das an, so was gibt's doch gar nicht.« Ihre Stimme klang derart verblüfft, dass Suzanne sich ungestüm neben sie zwängte.

Zwei noch ganz verschlafene Mädchengesichter starrten durch das staubige Glas. Suzanne rieb sich ungläubig die Augen und blinzelte wieder hinaus, aber es war alles unverändert und gar kein Zweifel möglich: Sie standen direkt vor einer hohen Pyramide.

»Oh!« Isabelle schluckte. »Das ist ja wie im Märchen! Und ich habe immer gemeint, Pyramiden gäb's nur in Ägypten. Gestern waren wir doch noch in Mexiko, nicht? Sag doch was!«

Aber Suzanne war schon die schmale Leiter hinunter geklettert, hatte die Tür des Wohnmobils aufgerissen und stand nun, barfuß und im dünnen, kurzen Sommerschlafanzug, mitten auf einem riesenhaften Fußballstadion. So erschien es ihr zumindest im ersten Augenblick.

»Isabelle«, schrie sie ohne sich umzudrehen, »schnell, komm doch raus, du wirst Augen machen!«

Nein, was sie da vor sich sahen, war kein gigantischer Fußballplatz, sondern ein mächtiges Bergplateau, und auf dem standen überall Pyramiden. Es waren kleinere darunter und riesengroße sowie eine ganze Menge Ruinen, von denen nur noch die untersten Treppenstufen erhalten waren. Darin unterschieden sich diese Pyramiden nämlich von denen in Ägypten. Diese ›Stufenpyramiden‹ endeten oben mit einer ebenen Plattform, zu der von allen vier Seiten breite Steintreppen hinaufführten.

»Da staunt ihr, was?« Sie hatten überhaupt nicht bemerkt, dass Ramón von der anderen Seite des weiten Platzes herangekommen war.

»Ihr habt ja nach dem anstrengenden Tag gestern geschlafen wie die Murmeltiere im Winter, als wir heute Nacht hier ankamen. Jetzt wird aber erst mal richtig gefrühstückt. Ich habe schon alles aufgebaut. Nachher geht's dann ans Besichtigen.«

»Das ist ein Frühstück wie damals bei Napoleon«, meinte Suzanne später, während sie ihre Cornflakes löffelte.

»Wieso Napoleon?« Isabelle schaute sie verständnislos an.

»Na, meinst du vielleicht, der hätte damals auf seinem Ägyptenfeldzug nicht unter den Pyramiden gefrühstückt?«

Ramón musste lachen. »Dabei wisst ihr Schlauberger noch nicht einmal, wo ihr überhaupt seid.«

»Stimmt«, musste Isabelle kleinlaut zugeben, »bist du gestern noch sehr lang weitergefahren?«

»Und ob. Noch ein paar Stunden und ganz vorsichtig in den vielen Kurven, damit ihr beide mir nicht von da oben herunterkollern konntet. Ich bin gefahren, als hätte ich eine Ladung rohe Eier zu transportieren. Also: Wir sind in Monte Albán, in dem alten Tempelbezirk bei der Silberstadt Oaxaka, die dort unten im Tal liegt. Das ist schon ein gutes Stück südlich von Mexico City. Wollt ihr wissen, wie hoch wir hier stehen? Fast 2000 Meter über dem

Meeresspiegel! Hier haben gleich mehrere Indianer-stämme hintereinander gesiedelt und ihre Spuren hinterlassen. Erst lebten hier Olmeken, dann Za-poteken und schließlich Mixteken. Wahrscheinlich haben die Olmeken einen ganzen Berggipfel zu die-sem Plateau eingeebnet um darauf die Stufenpyra-miden errichten zu können. Da drüben«, er deutete auf die höchste Pyramide, »steht unter der großen, die ihr da seht, noch eine kleinere, die zuerst gebaut worden war. Später haben dann die Mixteken, weil sie nicht eine ganz neue Pyramide von Grund auf errichten wollten, über die erste eine zweite drü-bergestülpt.«

»Und da waren oben überall Tempel drauf?« Isa-belle schaute suchend die lange Reihe der Pyramiden entlang.

»Ja, aber von denen ist heute kaum noch etwas er-halten, zum Beispiel dort drüben auf den Stufen ge-rade noch die Reste von ein paar Säulen. Das gesamte Baumaterial musste von Menschen in Körben he-raufgeschleppt werden, denn damals kannte man auch hier weder Rad noch Wagen. Stellt euch nur ein-mal vor: Diese Pyramiden sind innen massiv, also nicht etwa hohl, sondern mit Erde aufgefüllt und außen mit Steinen befestigt. Das sind Millionen Ku-bikmeter Erde und Gestein.«

»Und oben, in den Tempeln, sind da wirklich Men-schen geopfert worden?« Suzanne spürte eine leichte Gänsehaut bei dieser Vorstellung.

»Was ihr nicht alles wisst!«, staunte Ramón. »Kommt, zieht euch an und macht euch ein wenig frisch, dann will ich euch die ›Opfer‹ zeigen.«

»Wie?« Die beiden starrten Ramón entgeistert an. »Liegen die Knochen irgendwo in einer Tempelecke heute noch herum?«

»Lasst euch überraschen, ihr werdet schon sehen.«

Kein Wunder, dass Waschen, Anziehen und das Geschirrabräumen äußerst fix vonstatten gingen. Aufgeregt folgten die Mädchen Ramón, der an der gewaltigen Doppelpyramide vorbei an das gegenüberliegende Ende des Plateaus eilte. Dort lagen ein paar große Steinbrocken wie von einem Erdbeben durcheinander geschüttelt. Auf der einen Seite waren sie sorgsam geglättet. Darin eingemeißelt konnten sie verschiedene Menschenfiguren erkennen.

»Komisch, wie die aussehen. Guck mal, wie die ihre Beine halten, wie Hampelmänner.« Suzanne deutete auf eine der Ritzfiguren.*

»Sieht aus, als würden sie hüpfen«, versuchte Isabelle zu erklären.

»Deshalb hat man sie ja auch *Die Tanzenden* genannt«, erläuterte Ramón. »Hier, sie sind mit Blumen geschmückt, seht ihr? Die Forscher sind sich nicht einig, was sie darstellen sollen. Manche halten die Figuren für tanzende Priester, andere für menschliche Opfer. Vielleicht wurde ihnen in diesen Bildern eine Art Denkmal gesetzt, das uns bis heute, über 2000 Jahre später, von den Riten der alten Indianer Mittelamerikas erzählt und den Forschern Rätsel aufgibt!«

Nachdenklich fuhr Suzanne mit dem Finger die Umrisslinien eines der Tanzenden entlang. »Was müssen die armen Kerle für eine Angst ausgestanden ha-

* Vgl. das Foto der *Tanzenden* S. 2

ben. Grausam den Göttern Menschen bei lebendigem Leibe zu opfern!«

Ramón versuchte die trüben Gedanken zu verscheuchen und wandte sich um: »Kommt, jetzt klettern wir zur Abwechslung mal ein wenig in die Unterwelt hinunter, darin habt ihr ja nach euren Abenteuern an der Dordogne schon einige Übung«, schmunzelte er.

Genauso, nach Unterwelt nämlich, kam ihnen das, was Ramón ihnen zeigen wollte, auch tatsächlich vor. Ramóns Mitarbeiter vom Museum in Mexico City hatten gerade in diesen Tagen wieder ein neues Grab, vermutlich das eines Mixtekenfürsten, entdeckt, den man am Rand des heiligen Tempelbezirks beigesetzt hatte.

»Das ist hier anders als in Ägypten«, erklärte Ramón unterwegs. »Diese Pyramiden sind nämlich keine Grabstätten für Fürsten und Könige, sondern dienen nur als Sockel für die Tempel. Die Toten begrub man hierzulande woanders.«

Sie stapften über eine leicht abschüssige, dürre und mit hellen Steinbrocken übersäte Grashalde der neuentdeckten Grabstätte entgegen. Nach Osten zu, vor einer bläulich emporragenden Gebirgskette, konnten sie einen weiten Talkessel überblicken. Im Morgendunst erkannten sie ein dichtes Häusermeer zu beiden Seiten eines Flussbettes, das sich durch die Ebene schlängelte.

»Oaxaka«, erklärte Ramón. »Die alte Silberstadt liegt ein paar hundert Meter unter uns. Morgen, wenn es weiter nach Süden geht, fahren wir hindurch.«

Ehrlich gesagt, waren die beiden ein wenig enttäuscht, als sie endlich vor der Ausgrabungsstätte standen. Man sah nur ein viereckiges Loch zwischen den zertrümmerten Resten zweier Säulenstümpfe in der Erde gähnen – höchstens einen Meter lang und noch nicht einmal ganz so breit. Ramón ließ sich von einem der Arbeiter eine Stablampe reichen. »So, und jetzt gebt gut Acht, wohin ihr tretet! Dort unten ist es nicht nur dunkel, sondern auch eng, und die Treppen in solchen alten Gräbern haben hohe, steile Stufen.« Er bückte sich und verschwand als Erster in der dunklen Öffnung. Neugierig schlüpften Suzanne und Isabelle hinterher. Unbequem hohe Stufen aus grauem Kalkstein führten sie in einen kellerartigen, viereckigen Raum hinab, in dem es ein wenig modrig roch und der doch ein gutes Stück größer war, als es der enge Eingang vermuten ließ. Die Treppe endete in der gegenüberliegenden Ecke des Grabraumes auf einem mit großen Steinquadern gepflasterten Boden.

Ramón richtete den Lichtkegel seiner Lampe auf die Wand unmittelbar vor ihnen. Es hätte nicht viel gefehlt, dann wäre Isabelle, die zuvorderst stand, vor Schreck Hals über Kopf wieder die Stufen hinauf zurück ans helle Tageslicht geflohen. Auch Suzanne, die ihr über die Schultern blickte, zuckte zurück: Unmittelbar vor ihnen befand sich ein von einem abenteuerlichen Kopfputz umrahmtes, schreckliches Steingesicht, das sie aus seinen leeren Augen drohend anzuglotzen schien und eine überlange Zunge zwischen bleckenden Zähnen weit herausstreckte. War das einer jener sagenhaften Grabwächter, der freche Eindringlinge erschrecken und in die Flucht schlagen sollte? Dann hätte er mit Isabelle und Suzanne freilich beinahe Erfolg gehabt.

Ramón hatte offenbar überhaupt nicht gemerkt, wie sehr der Anblick seine Nichten erschreckt hatte. Verzückt betrachtete er die reliefartig aus dem Stein herausgemeißelte Figur. »Schön, nicht? Seht nur die Verschnörkelungen hier am Kopfputz – alles aus hartem Felsstein und vor mindestens tausend Jahren mit noch härteren Steinwerkzeugen herausgemeißelt. Bevor Amerika entdeckt wurde, kannte man hier ja noch kein Eisen.«

Als er den Lichtstrahl über das steinerne Riesengesicht hin- und herhuschen ließ, sah es im raschen Wechsel von Licht und Schatten fast so aus, als wäre es nach einem viele Jahrhunderte währenden Todesschlaf urplötzlich wieder zum Leben erwacht und begänne hämisch zu grinsen.

Isabelle fühlte sich alles andere als wohl hier unten, aber in Suzanne war nun die Forscherin erwacht. »Was ist das?«, wandte sie sich an Ramón.

»Ein Totengott«, stellte Ramón sachlich fest und betastete das Relief vorsichtig mit der Fingerspitze. »Man findet sein Bild in vielen Gräbern vornehmer Stammeshäuptlinge. Komm, reich mir bitte mal die Petroleumlampe da – wir brauchen mehr Licht.«

Isabelle bückte sich und hob die Lampe vom Boden, auf die Ramón gedeutet hatte. Nun, im hellen Licht, konnten sie deutlich erkennen, wie sauber die großen Steinquader ringsum ineinander gefügt waren.

Unversehens verdunkelte sich das gegen den sonnenglühenden Himmel hell erscheinende Viereck der

Einstiegsöffnung. Einer von Ramóns Leuten kam die Treppe herab.

»Hola – Hallo! Gut, dass Sie hier sind«, begrüßte er Ramón. »Ich möchte Ihnen etwas Interessantes zeigen, das wir erst gestern gefunden haben.« Er sprach Spanisch, so dass Ramón übersetzen musste. Auch Suzanne kam bei dieser Geschwindigkeit nicht mehr mit.

Der Mann hatte unterdessen Isabelle die Petroleumlampe aus der Hand genommen und führte sie in den hintersten Winkel der Grabkammer. Als er über einen Erdhaufen hinwegstieg und die Lampe so vor sich hielt, dass ein kreisrunder Lichtfleck den Boden erhellte, sahen sie dort die Werkzeuge der Ausgräber liegen: Messer, eine Art Maurerkelle und Pinsel. Dazwischen aber lugten ein paar fahle Knochen aus dem dicken Kalkstaub, der überall den Boden bedeckte.

»Menschenknochen«, stellte Suzanne fachmännisch fest. Isabelle blickte staunend zu ihr hinüber. Wieder sagte der Mann etwas zu Ramón, wobei er auf die Skelettreste deutete. »Er meint«, übersetzte Ramón, »das Grab sei später noch ein zweites Mal belegt worden. Der Tote müsse, nach den Funden zu schließen, die bereits nach oben gebracht wurden, ein sehr reicher Stammesfürst gewesen sein.«

Der Mexikaner hob etwas Helles, Rundliches auf und reichte es Ramón. Der griff zu und hielt das rätselhafte Etwas nahe an die Lampe, die jetzt auf dem Boden stand. Nun hockten sich auch die beiden Mädchen neugierig zu den Männern, denen diese unbequeme Haltung anscheinend durch die lange Gewohnheit nichts mehr auszumachen schien.

Aber was Ramón da in der einen Hand hielt und mit der anderen auf eine fast zärtliche Weise von anhaftendem Staub und Sand reinigte, ließ nicht nur Isabelle, sondern nun auch Suzanne erschrocken zusammenzucken: ein echter, bleicher Menschenschädel! Lebhaft auf Ramón einredend, deutete der Mexikaner mit einem erdverkrusteten Zeigefinger auf das breite, knöcherne Hinterhaupt. Ramón drehte den Schädel so, dass die beiden den Grund seiner wortreichen Erläuterungen erkennen konnten: zwei Löcher in der Schädeldecke, ein kleineres und ein klaffend großes.

»Was haltet ihr davon?« In Ramóns Stimme schwang eine derartige Begeisterung, dass Suzanne vermutete, dieser Fund müsse etwas ganz Besonderes sein. Aber was nur?

Sie stieß Isabelle mit dem Ellbogen in die Seite. »Sag doch auch mal was.«

Die wagte einen schüchternen Blick auf den fahlen Schädel. »Ist er erschlagen worden? Der alte Indianerhäuptling, meine ich. Sieht doch so aus – oder nicht?«

»Gar nicht schlecht, aber Schlagverletzungen sehen anders aus«, meinte Ramón. »Da müssten die Wundränder, die knöchernen, meine ich, zersplittert sein. Erinnert euch doch an den Söldner in Mexico City! Nein, dieser Indianerschädel erzählt etwas ganz Anderes, eine Menge über die Bräuche und seltsamen Vorstellungen des Volkes.«

»Erzählen – ein Totenschädel – und das auch noch nach vielen hundert Jahren!« Suzannes Stimme klang ein wenig beleidigt. Wollte Ramón sie auf den

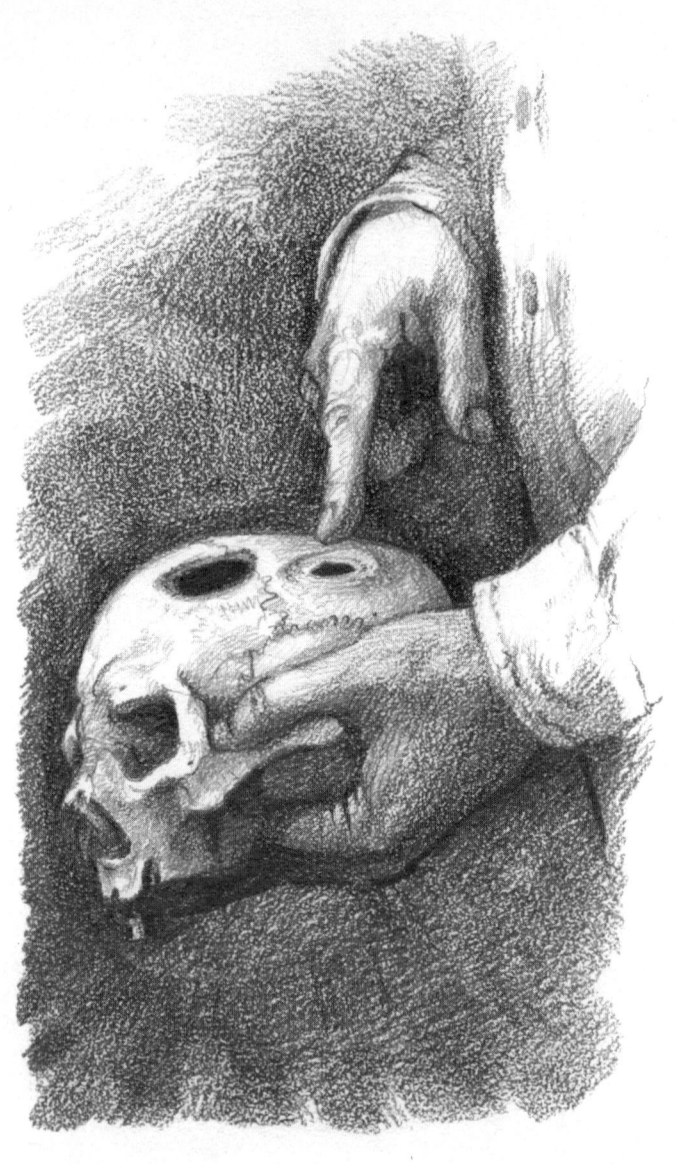

Arm nehmen? Sie glaubten doch nicht mehr an Märchen.

»Natürlich fängt er nicht auf einmal an zu sprechen«, erklärte der Archäologe. »Nur wer sich in der Geschichte der alten Völker auskennt, dem verrät so ein Schädel tatsächlich eine Menge Interessantes. Schaut euch doch die Verletzungen einmal genauer an. Es sind wirklich welche – nur eben nicht durch Waffen und in böser Absicht, sondern gerade im Gegenteil zum Helfen und Heilen zugefügt. Vergleicht sie einmal miteinander.«

Die Sache wurde immer geheimnisvoller. Nun hatte die Neugier endgültig über die Furcht gesiegt. Isabelle rückte etwas näher heran und ja, das war wirklich sonderbar, eine richtige Detektivaufgabe. »Die eine Verletzung hat er überlebt, und an der da«, sie deutete auf das größere Loch mit scharfkantigem Rand, »an der ist er gestorben.«

»Bravo! Du bist ja wirklich die geborene Kriminalkommissarin.« Ramón nickte ihr anerkennend zu. »Das hab ich ja schon in Mexico City bemerkt!«

»Ich verstehe überhaupt nichts mehr.« Suzanne schmollte. »Wie kommst du denn auf so was?«

»Ja, Isabelle, nun erklär uns mal deine Theorie. Ich bin auch gespannt, wie du das herausgefunden hast. Es stimmt nämlich!«

Isabelle deutete auf das kleinere Loch in der Schädeldecke. »Das ist bestimmt ursprünglich mal viel größer gewesen. Hier sieht man noch den alten Rand. Von dem aus ist dann neuer Knochen, der aber viel dünner war als der alte, nach der Mitte zu gewachsen. Ganz zugeheilt war das Loch aber noch nicht, da ist dann irgendwann später das andere gemacht worden, das größere. Heilen kann eine Wunde doch nur bei einem lebendigen Menschen, ist doch klar. Bei dem großen Loch ist der Rand noch ganz scharfkantig, keine Spur von Heilung. Also kann der alte Indianerhäuptling diese Wunde nicht überlebt haben. Stimmt's oder hab ich Recht?«

Suzanne guckte ihre Cousine zuerst sprachlos an. Dann schlug sie ihr auf die Schulter und sagte anerkennend: »Ehrlich, auf die Idee wäre ich nie gekommen, und wenn du mich eine Woche lang hier unten eingesperrt hättest. Aber Ramón! Was sind denn das nun für komische Schädellöcher und was soll das heißen, dass es Verletzungen zum Helfen und Heilen wären?«

»Also: Dieser Schädel ist trepaniert, das heißt aufgebohrt und aufgesägt worden. Das haben übrigens die Ägypter schon vor mehr als 3000 Jahren und die Menschen der Jungsteinzeit drüben in Europa vor doppelt so langer Zeit gemacht. Sie versuchten damit irgendeinem ›bösen Geist‹, in dem sie die Ursache einer Krankheit, zum Beispiel Epilepsie oder ›Fallsucht‹, vermuteten, einen Ausgang aus dem Kopf zu öffnen. Mit Steinbohrern, später auch mit Bronzeinstrumenten wurde die Knochendecke über dem Gehirn geöffnet, und wie uns auch dieser Schädel hier beweist, haben viele ›Patienten‹ die Prozedur tatsächlich überlebt.«

»Aber das muss doch scheußlich weh getan haben, wenn einem der Kopf aufgesägt wird.« Suzanne schaute immer noch verblüfft zu Ramón. »Oder konnten die damals schon ihre Patienten betäuben?«

»Das glaube ich ganz bestimmt. Irgendeinen einschläfernden Trank haben die Medizinmänner wohl zusammengebraut; hier gibt es ja sogar einen Kaktus, der eine Art von Rauschgift enthält. Vielleicht haben sie auch schon gewusst, dass der Saft von Mohnpflanzen betäubt. Daraus wird ja heute noch Morphium gewonnen.«

Ramón legte den Schädel behutsam wieder zu den anderen Skelettresten. Dann stand er auf und reckte seinen steif gewordenen Rücken. »Kommt, jetzt schauen wir uns oben noch die herrlichen Schmuckstücke an, die aus dem Grab hier geborgen worden sind. Wir haben Glück, die sind nämlich noch nicht nach Oaxaka ins Museum gebracht worden.«

Der Mexikaner richtete sich ebenfalls auf und griff nach der Petroleumlampe. Als er sie hochhob und ihr Lichtschein dabei über den Boden huschte, sah Suzanne, wie etwas in dem Erd- und Sandhaufen aufblitzte.

»Halt!« Sie griff nach Ramóns Taschenlampe. »Darf ich?« Sie knipste die lange Stablampe an und richtete den Lichtstrahl auf die Stelle, wo sie das Blitzen bemerkt hatte. Richtig, da blinkte irgendetwas wie eine Spiegelscherbe. Mit zwei Schritten war sie neben dem Haufen, packte das spiegelnde Etwas vorsichtig zwischen Daumen und Zeigefinger der freien Hand und zog es sachte aus dem lockeren, staubfeinen Sand.

»Was ist denn?« Ramón hatte sich umgedreht und schaute auf die Hand, die ihm Suzanne entgegenstreckte. Als ihm dämmerte, was da auf der offenen Handfläche lag, pfiff er anerkennend durch die Zähne.

»Suzanne, Mädchen, wie kommst du denn ... weißt du, was das ist? Ach, natürlich nicht, woher denn auch!« Sogar der Mexikaner, der bereits auf den unteren Stufen stand, war bei dem Aufschrei herumgefahren. Als er sah, was Suzanne entdeckt hatte, packte er Ramón am Arm und die spanischen Worte sprudelten nur so aus ihm heraus. Ramón musste rasch übersetzen.

»Das ist pures Gold. Ein wundervoll gearbeitetes Schmuckstück. Ein Götterbild, ein Kopf, der dem steinernen hier ganz ähnlich sieht, mit rätselhaften Zeichen links und rechts daneben, wahrscheinlich also eine Art Amulett.«

Aufgeregt beugte sich Isabelle über Suzannes Hand und betrachtete den Goldschmuck aus der Nähe. Wie konnte man so etwas Herrliches nur mit Steinwerkzeugen anfertigen! Dabei war das Amulett nicht viel größer als eine Briefmarke.

»Wo haben die denn so ein Amulett getragen?«, wollte sie wissen. »Das war doch keine Ansteckbrosche, sonst müsste ja eine Nadel dran sein.«

»Wahrscheinlich unter der Unterlippe, die dafür eigens durchbohrt werden musste. Eine Kleinigkeit für Operateure, die sogar Schädelknochen öffnen konnten. Wisst ihr, dass Suzanne soeben der archäologischen Wissenschaft einen großen Dienst erwiesen hat? Der Mexikaner sagte mir gerade, der Sandhaufen wäre später in Eimer geschaufelt und droben in eine Art Müllkippe geleert worden. Das wertvolle Schmuckstück wäre also vielleicht für alle Zeiten verloren gegangen.«

»Oh, Ramón, dürfen wir es behalten?« Suzannes Augen leuchteten erwartungsvoll.

»Nein, Suzanne, das geht nicht. Solche Funde müssen nun einmal abgeliefert werden, da hilft alles nichts. Aber«, fügte er hinzu, als er Suzannes enttäuschtes Gesicht sah, »wir sind ja hier in der berühmten alten Silberstadt – da bekommt ihr stattdessen beide von mir ein Paar hübsche Ohrringe. Die werden in Oaxaka noch nach alten indianischen Vorbildern gearbeitet. Na, ist das was?«

Als er die leuchtenden Augen seiner Nichten sah, schmunzelte Ramón: »Also, nichts wie raus hier! Oben in dem großen Souvenirladen findet ihr die schönsten Indianerohrringe, die ihr euch nur wünschen könnt.«

Gesagt, getan. Die Wahl fiel bei dem großen Angebot nicht leicht, aber schließlich fanden beide Mädchen das Richtige.

Ramón war den ganzen Nachmittag mit seinen Leuten vom Museum beschäftigt und hatte ihnen daher vorgeschlagen ein wenig auf eigene Faust umherzustreifen. Einen genauen Plan der gesamten Ausgrabungsstätte mit den Pyramiden, Tempelresten, dem großen Ballspielplatz und dem ehemaligen Brunnen gab er ihnen mit.

So kletterten die beiden schnaufend und schwitzend auf jede Pyramide hinauf, durchstöberten halb zerfallene Tempel und fuhren in so manchem versteckten dunklen Winkel erschreckt vor bizarren Bildern zusammen, die vor undenklichen Zeiten in die damals noch weißen, jetzt aber graugrün verwitterten Steinplatten gemeißelt worden waren. Seltsame gefiederte Schlangen waren darunter, reich mit Schmuck und Waffen behangene Stammesfürsten oder Häuptlinge sowie zahllose zähnebleckende Götterfratzen. Da konnte einem schon gehörig gruseln.

Immer wieder schaute Isabelle verstohlen über die Schulter zurück, ob nicht vielleicht doch aus einem versteckten Spalt im Mauerwerk, aus irgendeiner längst vergessenen, von Schlingpflanzen überwucherten Tür plötzlich ein leibhaftiger Indianerkrieger auftauchte – mit drohend geschwungenem Obsidianmesser – bereit ihre Herzen seinem Sonnengott zu opfern. Aber auch Suzanne war in den düsteren Gängen nicht so recht wohl in ihrer Haut. Sie merkten nicht einmal, dass die Zeit zum Mittagessen längst verstrichen war. Bei dieser Hitze verspürten sie sowieso keinen Hunger!

Als sie schließlich erschöpft zum Wohnmobil zurückkehrten, hatte Ramón schon ein wenig zum Abendessen vorbereitet und zündete jetzt, da die Dämmerung bereits hereinbrach, die Campinglampe auf dem Klapptisch an.

Suzanne ließ sich stöhnend auf einem der Klappstühle nieder und gähnte herzhaft: »Waren das eigentlich Riesen, diese Mixteken, die das alles hier gebaut haben?«

»Riesen? Wie kommst du denn auf so was?«

»Na, was glaubst du, weshalb uns die Beine so weh tun? Wenn man diese Pyramidentreppen hinaufsteigt, stößt man sich ja fast bei jedem Schritt mit dem Knie gegen das Kinn, so irrsinnig hoch sind die Stufen, fast einen halben Meter, schätze ich. Wenn das keine Riesen waren, müssen sie wenigstens schrecklich lange Beine gehabt haben.«

Ramón lachte. »Nicht übel, deine Theorie. Aber die

Höhe der Stufen hat einen ganz anderen Grund. Auf so einer Treppe konnte nämlich niemand Hals über Kopf zum Tempel hinaufhasten. Die zwangen jeden, ob Priester oder Pilger, langsam und würdig hinaufzuschreiten. Stellt euch vor, was für ein prächtiges Bild das gewesen sein muss, wenn die mit ihren prunkvollen Gewändern und hohen Federkränzen geschmückten Priester langsam und feierlich die Stufen zum Tempel hinaufschritten um ihrem Sonnengott zu opfern.«

Er schaute auf seine Armbanduhr. »Wisst ihr was? Morgen geht's in aller Herrgottsfrühe weiter, ich denke, so um vier, spätestens aber gegen fünf Uhr. Da wird's gut sein, wenn ihr euch bald schlafen legt. Nein, nein«, fügte er rasch hinzu, als er bemerkte, wie sich Isabelles Augen weiteten, »ihr braucht von dem Aufbruch nichts zu merken und könnt ruhig weiterschlafen. Gefrühstückt wird dann wieder unterwegs. Wir haben ja noch einiges zu fahren bis zu unserem endgültigen Ziel, und da ist es vernünftiger, wir bringen noch in der Morgenfrühe ein gutes Stück davon hinter uns. Dann können wir auch guten Gewissens eine kleine Siesta während der schlimmsten Mittagshitze einlegen. Einverstanden?«

»Klar.« Isabelle nickte Suzanne, der die Augen schon im Sitzen zufallen wollten, erleichtert zu. »Komm, machen wir rasch noch Ordnung, und dann ab in die Falle.«

Als der Mond endlich wie eine riesige, rötlich glühende Scheibe hinter den schroffen Spitzen der Bergkette aufging und die scharfen Schatten der uralten Tempel, Pyramiden und geborstenen Säulen auf den ausgedörrten Boden des verlassenen Felsplateaus zeichnete, schloss Ramón leise die Tür des Wohnmobils. Vorsichtig klappte er sein Lager herunter um die längst schlafenden Mädchen in ihrer ›Hochkabine‹ nicht zu stören. Der Wecker seiner Armbanduhr war auf vier Uhr in der Frühe gestellt. Bis dahin würde er wieder genug Kraft gesammelt haben für einen weiteren Tag hinter dem Steuerrad.

Im Wald der geheimnisvollen Riesenköpfe

Sie merkten tatsächlich nichts, als Ramón am nächsten Morgen gegen halb fünf den Wagen startete. In der Stadt Oaxaka zu Füßen des Tempelberges war der Morgenverkehr noch nicht erwacht und so erreichten sie ohne Aufenthalt die schnurgerade Straße nach Süden in Richtung Yucatán.

Als Suzanne endlich als Erste wach wurde und blinzelnd ihre Augen öffnete, war nicht eine scharfe Kurve oder ein Schlagloch die Ursache. Erstaunt stellte sie fest, dass ihr Wohnmobil überhaupt nicht fuhr. Hatte Ramón etwa verschlafen und sie standen immer noch zwischen den Pyramiden von Monte Albán? Sie zog den Vorhang etwas zur Seite und linste in den Innenraum, aber Ramóns Bett war schon hochgeklappt. Von ihm selbst war keine Spur zu sehen.

Von draußen drangen seltsame Geräusche zu ihnen herein und ein verführerischer Bratenduft. Sie hörte trippelnde Schritte, Lachen, Rufen und ein an- und abschwellendes Gemurmel; offenbar herrschte da ein munterer Betrieb. Behänd rutschte Suzanne die Aluminiumleiter hinunter um die Tür einen Spalt breit zu öffnen, aber die war fest verschlossen.

»Isabelle«, rief sie zur Kabine hinauf, »nun werd

schon endlich wach, da draußen ist irgendetwas los, und Ramón ist auch weg.«

Isabelle rappelte sich verschlafen hoch und schaute auf ihre Uhr. »Ach, du Schreck, schon neun Uhr vorbei.« Sie zog den Vorhang des kleinen Fensterchens zur Seite. »Mensch, weißt du, wo wir stehen? Mitten auf einem Markt. Schnell, wir machen uns fertig, das müssen wir uns ansehen!«

»Ja, denkste! Die Tür ist zu«, schmollte Suzanne. »Wahrscheinlich ist Ramón einkaufen und hat abgeschlossen, damit uns keiner in der Zwischenzeit klaut. Los, ziehen wir uns erst mal an.«

Im Nu waren sie fertig. Ramón kam gerade zur rechten Zeit zurück, bepackt mit zwei schweren Taschen voller Einkäufe, hauptsächlich Obst und Gemüse.

»Hallo, ihr seid ja schon auf, ihr Schlafwagenpassagiere«, scherzte er. »Wie gefällt es euch hier? Habt ihr schon jemals in eurem Leben in so einer Umgebung geschlafen?«

Nein, so etwas hatten die beiden überhaupt noch nie gesehen, nicht einmal auf Bildern. Ein echter Indianermarkt, mitten in einer kleinen Stadt aus niedrigen Häusern auf einem weiten Platz voller Verkaufsstände mit allerlei Lebensmitteln, Körben, Schnitzarbeiten, kunstvoll gewobenen Wandteppichen, Kleidungsstücken, Töpferwaren und sogar modernem Geschirr aus farbenfrohem Plastik. In den engen Gassen dazwischen herrschte reges Gedränge, durch das man sich nur mit Mühe langsam hindurchwinden konnte.

Jetzt entdeckte Suzanne auch, woher der durchdringende Bratenduft kam. In riesigen Kesseln schmorte und brutzelte Fleisch in einer dunkelbraunen, dampfenden Brühe über offenen Feuern. Hier konnten die Einheimischen ihren Braten fix und fertig einkaufen und brauchten bei dieser Hitze zu Hause kein Feuer anzumachen. Überall auf dem Boden hockten Indianerfrauen, die zwischen ihren Händen Maisfladen flach kneteten und auf einem dünnen Blech über einigen zusammengestellten Steinen, zwischen denen ein spärliches Feuer flackerte, knusprig backten.

Isabelle deutete auf eine lange Reihe nebeneinander kauernder Frauen mit bunten Röcken, vor denen auf dem blanken Erdboden Tücher mit Feld- und Gartenfrüchten ausgebreitet waren. Alle hatten sie breitrandige Strohhüte auf, einige trugen in vor der Brust verknoteten Tüchern schlafende Babys auf dem Rücken. Nicht einmal Ramón konnte seinen Nichten die Namen aller Früchte und Gemüse nennen.

»Du, Ramón, das musst du unbedingt einmal fotografieren. So viele Farben kriegst du bestimmt nicht so bald wieder auf ein einziges Bild!«, bat Isabelle.

»Ich kann's ja mal probieren«, meinte der, verzog aber skeptisch seinen Mund. »Ihr werdet allerdings wahrscheinlich eine Überraschung erleben!« Er nestelte am Verschluss seiner Fototasche, hob den Sucher ans Auge und drehte am Objektiv, bis die Entfernungseinstellung stimmte.

Doch im selben Augenblick, noch bevor Ramón sein Foto schießen konnte, drehten alle Frauen wie auf Kommando ihre Köpfe zur Seite und blickten in eine andere Richtung. Manche zogen auch ihren großen Hut vors Gesicht und selbst die größeren Kinder verdeckten ihre Augen schützend hinter vorgehaltenen Händen.

»Na, was habe ich gesagt? Sie mögen es nicht, wenn man sie fotografiert.« Seufzend hängte sich Ramón den Apparat wieder über die Schulter.

»Aber warum denn, schämen sie sich vielleicht wegen irgendwas?« Ratlos schaute Suzanne zu ihrem Onkel auf.

»Nein, das gerade nicht. Aber sie glauben, dass im Bild eines Menschen seine Seele steckt. Wer also ein Bild von ihnen besitzt, der hat auch Macht über ihre Seele. Deshalb wenden sie sich ab, damit wenigstens ihr Gesicht mit den Augen, den ›Fenstern der Seele‹, nicht auf das Foto kommt.«

Suzanne war die ganze Situation peinlich. Wie zur Entschuldigung fingerte sie in ihrer Jeanstasche herum, zog ein paar Münzen heraus und hielt sie einem kleinen Jungen hin, der neben den Gemüsekörben seiner Mutter stand. Hastig, als könnte ihm jemand zuvorkommen, griff seine Hand danach und die Finger schlossen sich so fest um das Geld, als wollte man es ihm gleich wieder abnehmen. Ein dankbares Nicken der Mutter beruhigte Suzannes Gewissen etwas. Sie winkte noch einmal freundlich zurück und lief, so rasch es in dem quirligen Gedränge ging, Isabelle und Ramón nach, die bereits wieder auf dem Weg zurück zum Wohnmobil waren.

Ramón schwang sich hinter das Lenkrad, Isabelle und Suzanne machten es sich auf der breiten Sitzbank neben ihm bequem, der Motor heulte beim An-

lassen kurz auf und schon setzte sich der Wagen langsam in Bewegung. Erst außerhalb des Städtchens
konnte Ramón kräftiger aufs Gaspedal treten und
nach wenigen Minuten waren die letzten, ziegelge-
deckten Dächer hinter einer Biegung der weiter nach
Süden führenden Straße verschwunden.

Zum etwas verspäteten Frühstück suchten sie sich
einen lauschigen Platz zwischen grünen Bäumen. Sie
hatten das staubige, trockene Hochland verlassen
und waren in eine feuchte Ebene gelangt.

»Wir sind jetzt in dem mexikanischen Staat Ta-
basco«, erklärte Ramón. »Hier, in den feuchten Nie-
derungen der Golfküste, gibt es Sümpfe und richtigen
tropischen Urwald. Das grüne Gras verrät, dass es hier
öfter mal regnet – von den Bäumen anstelle der Dorn-
büsche ganz abgesehen. Je weiter wir jetzt nach Süden
in die Halbinsel Yucatán hineinfahren, um so tropi-
scher wird es. Zu der Hitze kommt dann allerdings
auch noch eine hohe Luftfeuchtigkeit hinzu.«

Na, das hatten sie auch schon bemerkt. Hier klebte
einem selbst das luftige T-Shirt wie ein nasser Lappen
am Körper. Kein Wunder also, dass den beiden der
herrliche Saft, den Ramón aus verschiedenen einge-
kauften Früchten gepresst hatte, als das Beste erschien, das sie jemals getrunken hatten.

Und wieder ging's weiter auf der schier endlosen,
einsamen Straße. Nur selten kamen sie an ein paar
Hütten vorüber, halb versteckt zwischen hohen Ba-
nanenstauden mit mächtigen Blättern und kleinen
Wäldchen aus Kakaobäumen. Ramón hatte ihnen
während einer kurzen Rast die seltsamen Kakao-
früchte gezeigt, die direkt aus den Stämmen der

Bäume herauswuchsen und wie kleine, längliche Kürbisse aussahen. »Das Kakaopulver«, so erklärte er ihnen, »wird aus den Kernen in ihrem Fruchtfleisch gewonnen.«

Als die Sonne ihren höchsten Stand erreicht hatte, lenkte Ramón das Wohnmobil in der Nähe eines Dörfchens auf einen winzigen Rastplatz neben einer Tankstelle – der ersten, der sie seit langem begegnet waren. Unter dem schützenden Sonnendach aus Schilfmatten konnte ihr Wagen sogar im Schatten stehen.

»Jetzt tanken wir erst einmal voll, damit wir nachher nicht noch einmal anhalten müssen«, meinte er. Doch Suzanne und Isabelle hörten ihm nicht zu. Wie aus dem Boden gewachsen waren nämlich plötzlich ein Mädchen und ein Junge aufgetaucht und redeten beide gleichzeitig durcheinander auf Suzanne und Isabelle ein, wobei sie aufgeregt zu dem Waldrand auf der anderen Straßenseite hinüberzeigten.

»Verstehst du, was die wollen? Das scheint Englisch zu sein, was die da plappern. Ihr lernt doch Englisch in der Schule in Paris«, wandte sich Suzanne an Isabelle.

»Ich höre immer nur ›Dickkopf‹.« Isabelle zuckte mit den Schultern. »Weiß auch nicht, was das bedeuten soll. Wahrscheinlich halten sie uns für Amerikaner.«

»Big head, big head«, wiederholte der Junge und legte seine Hand auf Isabelles Arm, als wollte er sie mit sich fortziehen. »Big head, big head.«

Hilfe suchend blickte sie sich nach Ramón um. »Ich glaube fast, das ist alles, was die auf Englisch können:

big head – großer Kopf. Versuch doch mal in ihrer Sprache herauszukriegen, was sie damit sagen wollen.«

Trotz ihres Spanischunterrichts verstand Suzanne von der Unterhaltung zwischen Ramón und den beiden fremden Kindern auch nicht mehr als Isabelle: Es ging um irgendwelche mysteriösen großen Köpfe. Aber irgendein Ulk schien es nicht zu sein, denn Ramón nahm die Sache, seinem Gesichtsausdruck nach zu schließen, recht ernst. Erst als er sich wieder seinen ungeduldigen Nichten zuwandte, blitzte es wie gewohnt schelmisch in seinen Augen.

»Da wird euch gerade ein passender Vorschlag gemacht. Die beiden möchten euch unbedingt etwas zeigen da drüben im Wald. Klar, dass sie dabei auf ein paar Pesos spekulieren, aber das scheint mir die Sache wert. Mehr wird nicht verraten. Also, ich schlage vor, dass ihr jetzt mit ihnen geht.«

Isabelle und Suzanne strahlten. »Wann müssen wir wieder zurück sein?«, fragte Suzanne.

»Sagen wir gegen zwei Uhr. Ich werde unterdessen hier meine Siesta halten.«

»Okay, aber wie erklären wir das den beiden?«, fragte Isabelle.

»So viel Spanisch kann ich nun wirklich«, protestierte Suzanne beleidigt. »Also, dann wollen wir mal. Salut, Ramón, erhol dich gut, wir brauchen dich noch.«

Während Suzanne und Isabelle sich noch von ihrem Onkel verabschiedeten, trabten die beiden Indianerkinder schon zielstrebig in Richtung Wald.

Es war tatsächlich ein richtiger, dämmriger Urwald, der vor Feuchtigkeit dampfte. Anscheinend war erst vor kurzem ein heftiger Regenguss niedergegangen. Viele Blätter glänzten noch nass. Der Pfad durch dieses grüne Pflanzengewirr war ziemlich schmal zwischen hohen, von Lianen förmlich überwucherten Bäumen, so dass sie nur hintereinander gehen konnten. Der Junge lief voran und drehte sich hin und wieder um, wobei er auf eine Wurzel oder einen Ast deutete, über den man stolpern konnte.

»Ein richtiger Kavalier, unser kleiner Indianer«, meinte Isabelle. »Hierzulande heißt das Caballero«, verbesserte Suzanne. »Meinst du wirklich, die beiden sind Indianer? Echte Nachfahren von den Mayas oder Mixteken oder wie die alle heißen?«

»Guck sie dir doch mal ein bisschen genauer an. Ich meine ja nicht nur, weil sie eine dunkle Haut haben und ganz pechschwarze Haare. Ihre Augen sind doch so richtige Indianeraugen und erst recht die Nasen.«

»Indianeraugen und -nasen? Wie sehen die denn aus?«

»Na, die Augen ein bisschen schmal und irgendwie auch ein wenig schräg. Nicht gerade Schlitzaugen, aber doch eben anders als unsere. Die Nasen sind auch mehr gebogen.«

»Stimmt. Und wie sicher sie sich hier bewegen, wie erfahrene Spurensucher und Pfadfinder.«

Und wirklich, ihre barfüßigen Führer schlüpften so leicht zwischen tief herabhängenden Zweigen, überstehenden Ästen, knorrigen Lianenstengeln und umgestürzten, moosüberwucherten Stämmen hindurch, dass die beiden Cousinen kaum mit ihnen Schritt halten konnten.

Plötzlich blieb Isabelle wie angewurzelt stehen. Die hinter ihr dreinkeuchende Suzanne prallte unvermutet heftig gegen sie. »Autsch, was machst du denn?«, fauchte sie unwillig. Aber dann verschlug es auch ihr die Sprache. Der enge Pfad mündete in eine fast kreisrunde Lichtung im Urwald. Es schien, als sei aller Unterwuchs sorgsam gerodet worden. Schon das allein war auffallend – erschreckt aber hatte die beiden Mädchen etwas ganz Anderes.

Aus weit aufgerissenen Augen über einer breiten, platt gedrückten Nase und wulstig aufgeworfenen Lippen starrte sie ein riesiges Menschengesicht an. Es war ein geradezu gigantischer Kopf aus dunklem Stein, der genau im Mittelpunkt der Lichtung vor ihnen auf dem Boden stand, als sei er da herausgewachsen.

»Big head«, riefen die Indianerkinder und hüpften in wildem Tanz um den Riesenkopf herum.

Nachdem ihr erster Schreck verflogen war, wagten sich auch Isabelle und Suzanne näher an den Koloss heran. Er war fast drei Meter hoch und kaum weniger breit. Offenbar hatte man ihn aus einem einzigen großen Steinblock herausgemeißelt. Die dunkle Farbe des Steins und die vielen, in dem flachen Gesicht wie Hautporen wirkenden Löcher darin erinnerten Isabelle an etwas. Auf einem Ausflug in das Massiv Central hatte ihr Vater einmal so einen dunklen Stein mit Löchern aufgehoben und gesagt, es sei Basalt, ein altes Lavagestein.

Das Indianermädchen stand jetzt mitten vor dem

breiten Gesicht und klatschte mit seiner flachen Hand gegen die platte steinerne Nase. »Negro«, rief es Isabelle zu, »big negrohead.«

»Du, wirklich, sie hat Recht, das hatte ich noch gar nicht bemerkt!« Isabelle staunte nicht schlecht.

»Was denn?«, wollte Suzanne wissen. »Was hat sie eben gesagt?«

»Dass das ein Afrikaner ist, oder besser: sein riesiger Kopf.«

Ja, jetzt fiel es auch Suzanne auf: Die dicken, aufgeworfenen Lippen und mehr noch diese breite Nase – das war tatsächlich kein Indianer!

»Aber wir sind hier doch nicht in Afrika!«, wunderte sie sich, »und so ulkige Mützen tragen die Eingeborenen im afrikanischen Urwald oder in der Steppe auch nicht auf ihrem Kopf.«

Isabelle ging langsam um den Riesenkopf herum und sah sich diese ›Mütze‹ genauer an. »Komisch, sieht fast aus wie ein Helm.«

»Vielleicht ist das so was Ähnliches wie bei uns ein Kriegerdenkmal«, vermutete Suzanne.

Aber da begann das Indianermädchen auf einmal ganz seltsame Grimassen zu schneiden. Es stand am gegenüberliegenden Rand der kleinen Lichtung, hatte einen Zeigefinger vor den Mund gelegt, als wollte es zum Stillsein auffordern und deutete mit der anderen Hand ins scheinbar undurchdringliche Dickicht. Doch der Junge war offenbar mit dem, was es vorhatte, nicht einverstanden und schüttelte heftig den Kopf. Erst als ihm das Mädchen ein paar Worte zurief, von denen Isabelle nur eines, nämlich ›Pesos‹, verstand, gab er seinen Widerstand auf, kam auf Isabelle zu, fasste sie an der Hand und zerrte sie zu dem Mädchen hin.

»Was ist denn jetzt? Hast du was verstanden, Suzanne?«

»Nicht alles. Die reden viel zu schnell, da kommt man einfach nicht mit. Sie wollen uns offenbar irgendetwas tiefer drin im Wald zeigen, was ganz Geheimnisvolles anscheinend. Dafür sollen wir ihnen ein paar Pesos extra versprechen.«

»Das kriegen wir schon noch zusammen«, sagte Isabelle. »Jetzt, wo wir schon mal so weit sind, wollen wir auch alles sehen, nicht?«

Das grüne Blättergewirr hatte sich hinter dem leichtfüßigen Indianermädchen sofort wieder geschlossen.

›Wie ein Vorhang vor einer Theaterbühne‹, dachte Suzanne. Der Junge schlüpfte hinterher und zog Isabelle mit sich. Was blieb Suzanne anderes übrig als ebenfalls hinterherzulaufen?

Ein mühsames Vorankommen war das! Nirgends war ein gebahnter Weg oder Pfad zu erkennen. Sie kletterten über umgebrochene Stämme, zwängten sich zwischen üppigen Lianen hindurch, die wie dicke Schiffstaue miteinander verschlungen waren, und stolperten über die breiten, brettartigen Wurzeln mächtiger Urwaldriesen. Der Erdboden war nur selten zu sehen, aber sie konnten bei jedem Schritt fühlen, wie modrig-feucht es unter ihren Füßen nachgab. Es war mehr ein Voranstraucheln als ein Laufen und eine gerade Richtung einzuhalten schien ganz und gar unmöglich. Immerfort mussten sie Umwege einschlagen. Einmal waren es die gewaltigen Brettwurzeln eines Baums, dann eine pflanzenüberwucherte Felsengruppe oder ein Bach, dem sie ausweichen mussten. Aber ihre beiden Führer schienen den Wald genau zu kennen. ›Allein‹, schoss es Isabelle durch den Kopf, ›allein wären Suzanne und ich hier hoffnungslos verloren.‹ Dazu all die seltsamen, fremden Stimmen und Töne, die einem Angst und Schrecken einjagen konnten: Irgendwo mussten sich Affen streiten, so wenigstens erschien ihnen das schrille Gekreische und Geschimpfe, dazwischen trompeteten irgendwelche Vögel, dass man meinen konnte, es seien gar Elefanten in der Nähe.

Der Weg kam ihnen endlos lange vor. Isabelle schaute besorgt auf ihre Uhr. Genau in diesem Moment blieb ihr Begleiter plötzlich stehen. Überrascht und erleichtert stellte sie fest, dass noch nicht einmal eine Viertelstunde vergangen war, seit sie von der Lichtung aufgebrochen waren. Das Indianermädchen deutete nun auf einen dichten Lianenvorhang, drehte sich zu ihnen um und hob abermals den Finger an seine Lippen. Fast beschwörend schaute es Suzanne und Isabelle an. Der Junge stieß Suzanne zaghaft in die Seite und murmelte etwas.

»Was will er?« Isabelle war richtig unheimlich zumute, zumal in der Nähe ein Vogel oder was immer es sein mochte, miauende Laute ausstieß und dazwischen ein storchenartiges Schnabelgeklapper erklang. Später erklärte ihr Ramón, das seien Tukane, die so miauten und mit ihren übergroßen Schnäbeln klapperten – friedliche Früchtefresser.

»Er sagt, wir dürften niemand in seinem Dorf erzählen, was sie uns jetzt zeigen werden; das sei ein

Geheimnis, von dem sonst kein Mensch wüsste«, übersetzte Isabelle für Suzanne.

Das Mädchen zerrte an den Lianen, bis sie einen Spaltbreit auseinander klafften. Eine ungeheure Nase lugte unvermutet aus dem grünen Pflanzengewirr hervor. Hätten sie nicht bereits zuvor den Riesenkopf mitten auf der Lichtung gesehen, wären sie gewiss zu Tode erschrocken.

Ja, es war tatsächlich ein zweiter, ganz ähnlicher Riesenkopf, überwuchert von Farnkräutern und anderen Pflanzen, ringsum von Lianen umschlungen. Dennoch konnten sie jetzt, als ihre beiden Begleiter die Schlingpflanzen noch ein wenig mehr zur Seite bogen, ganz deutlich erkennen, dass er anscheinend etwas schmaler, dafür aber auch höher als der Erste war.

»Du, Isabelle! Vielleicht hat den vor uns überhaupt noch kein Weißer gesehen? Das ist doch möglich, wenn sie ihn erst kürzlich entdeckt haben. Menschenskind, stell dir das vor: ein unbekannter Riesenkopf! Wenn Ramón das geahnt hätte, wäre er todsicher mitgegangen.«

Isabelle wischte sich mit dem Handrücken die schweißverklebten Haare aus der Stirn. Ihr war plötzlich etwas eingefallen. Angestrengt grübelte sie nach: Wo hatte sie schon einmal etwas gelesen über riesige steinerne Menschenköpfe, die man irgendwo in Mittelamerika mitten im Urwald entdeckt hatte? Richtig, in einer Illustrierten hatte sie sogar Bilder davon gesehen. Das musste im Wartezimmer beim Zahnarzt gewesen sein.

»Du, Suzanne, weißt du, was da im Urwald vor uns liegt? Ein Denkmal von einem Weltraumfahrer.«

»Was, ein Astronaut? Du spinnst wohl! Wie soll das denn hierher mitten in die Wildnis gekommen sein – und überhaupt: was für Weltraumfahrer?«

»Doch, ich kann mich genau erinnern. Es war ein Artikel in einer Zeitschrift. Darin hat einer behauptet, vor ein paar hundert oder sogar tausend Jahren, was weiß ich, wären Weltraumfahrer von irgendwelchen Sternen mit Raketen oder fliegenden Untertassen, jedenfalls mit irgend so was auf der Erde gelandet. Ein Beweis dafür wären die steinernen Riesenköpfe, weil doch die Indianer, die damals hier gelebt haben, sowas niemals allein fertig gebracht haben könnten. Bei denen gab es ja noch keine Räder und Wagen, deshalb konnten die auch keine so großen Steinbrocken mitten in die Urwälder schaffen. Die Steinbrüche, in denen es Basalt gibt, sollen nämlich ziemlich weit von den Fundstellen der Köpfe entfernt sein – ich glaube über hundert Kilometer. Und dann natürlich die Helme auf den Köpfen, die wir für Mützen gehalten haben. Richtige Astronautenhelme waren das und davon konnte ja vor Tausenden von Jahren kein Mensch was wissen.«

Suzannes Herz begann auf einmal wie rasend zu pochen. »Du, wenn das wahr wäre! Nein«, schrie sie auf, als sich Isabelle neugierig dem Riesenkopf näherte, »geh nicht so nah ran!«

»Warum? Der beißt doch nicht.«

»Spotte nicht! Natürlich kann ein Kopf aus Stein nicht beißen. Aber wenn er wirklich von Besuchern aus dem Weltall stammt, die uns doch mit ihren Erfindungen um viele hundert Jahre voraus sind, meinst du nicht, dass die irgendwas damit gemacht haben?

Ich meine zum Schutz vor Zerstörung oder Beschädigung durch die Menschen. Vielleicht kommt ein Blitz heraus, wenn ihm jemand zu nahe tritt, oder er sendet irgendwelche unsichtbaren Strahlen aus – Todesstrahlen. Vielleicht ist der Stein sogar vergiftet mit irgendeinem ganz schrecklich langsam wirkenden Gift, das es auf der Erde gar nicht gibt. Bitte, bleib weg!«

Jetzt bekam auch Isabelle Bedenken. Was wäre, wenn Suzanne nicht ganz Unrecht hätte? In Science-fiction-Geschichten wurden solche Gefahren doch ganz genau beschrieben und im Fernsehen hatte sie gesehen, wie solche Wesen aus Raumschiffen ihre Gegner durch geheimnisvolle Strahlen, selbst aus weiten Entfernungen, buchstäblich in nichts auflösten.

Aber dann begann sie plötzlich zu lachen.

Suzanne blickte sie böse an. »Du brauchst dich gar nicht lustig zu machen über mich«, fauchte sie empört.

»Aber ich lache doch nicht über dich. Ich lache aus Erleichterung. Weil das nämlich alles Quatsch ist mit den Besuchern aus dem Weltall.«

»Wieso?«

Mit ein paar Schritten stand Isabelle neben dem Riesenkopf und zog die Lianen, die das linke Ohr zum Teil noch bedeckten, vollends zur Seite.

»Da, guck dir mal genau an, wo der angebliche Astronautenhelm befestigt war.«

Suzanne trat neugierig neben sie. Ja, jetzt sah sie es auch: Kein Zweifel, dieser ›Helm‹ war an den anscheinend durchbohrten Ohrläppchen angeschnallt!

Demnach konnte es auf gar keinen Fall ein schwerer, metallener Schutzhelm sein, wie sie ihn von Bildern amerikanischer Astronauten auf dem Mond her kannte. Erleichtert atmete sie auf.

»Donnerschlag, weißt du, dass das vielleicht eine echte Entdeckung ist? Also war das doch eine Mütze oder ein Kopfputz oder so was Ähnliches. Ramón wird staunen, wenn wir ihm das erzählen.«

Isabelle pochte mit dem Fingerknöchel gegen die breite Stirn des steinernen Kopfes. »Alles nur Basalt. Der kann niemand etwas zu Leide tun. Aber kurios ist es schon, dass die alten Mayas oder welche Indianer das nun gewesen sind, die schweren Basaltbrocken bis hierher geschleppt haben. Vielleicht kann uns Ramón erklären, wozu diese Riesenköpfe im Urwald aufgestellt wurden. Oh, verflixt, ich glaube, wir müssen zurück!« Sie ließ den Lianenvorhang fallen.

Isabelle blickte zu dem Indianerjungen hinüber, der sie herausfordernd anschaute und zwischen die Büsche deutete. Sie stieß Suzanne mit dem Ellenbogen in die Seite: »Schau mal, ich glaube, der will uns noch irgendwas anderes zeigen! Haben wir nicht noch einen Moment Zeit?«

Suzanne zögerte einen Augenblick, bevor sie antwortete: »Auf ein paar Minuten früher oder später wird's wohl nicht ankommen. Ramón soll sich eben noch ein wenig ausruhen, bevor er wieder hinters Steuer muss. Wer weiß, was uns hier sonst entgeht? Komm, umkehren können wir ja immer noch!«

Aber es waren glücklicherweise nur wenige Schritte, bis sie vor einem seltsamen, über und über von Lianen überwucherten Gebäude standen. Was hatte das hier mitten im Urwald zu suchen?

Neugierig kletterten die beiden Mädchen hinter dem Indianerjungen her um sich den rätselhaften Bau aus der Nähe anzusehen. Soweit man das erkennen konnte, bestand er aus dunklen Basaltsteinstangen. Sie waren dicht an dicht nebeneinander fest in den Urwaldboden gerammt. Zwischen ihnen waren lediglich enge Spalten freigelassen und oben hatte man als Decke andere Basaltstangen wie Dachbalken quer darüber gelegt.

»Was mag das einmal gewesen sein?«, rätselte Suzanne. »Ein Haus hätte doch wenigstens ein einziges Fenster. Komm, wir versuchen einmal drum herum zu gehen. Vielleicht entdecken wir auf der anderen Seite etwas, das uns weiterhilft.«

Im selben Augenblick fuhr Isabelle mit einem Aufschrei zurück. Eine spitze Schnauze mit einer feuchten dunklen Nase hatte sich unmittelbar vor ihrem Gesicht durch einen Spalt geschoben und schnüffelte ihr entgegen. Genauso plötzlich wie sie aufgetaucht war, war die Schnauze auch wieder verschwunden. Irgendetwas knurrte bedrohlich, dann hörten sie aus dem Innern des merkwürdigen Gebäudes ein seltsames Poltern.

»Komm, nichts wie weg hier!«, schrie Isabelle. »Da drinnen haust ein gefährliches Tier!« Sie versuchte Suzanne mit sich zu ziehen.

Doch die grinste auf einmal fröhlich. »Da, schau dir deine Bestie nur genau an. Sie verschwindet gerade dort hinten im grünen Laub. Der Bau muss also doch eine Art Tür oder Ausgang haben!«

»Hast du erkannt, was es war?«, fragte Isabelle noch immer ängstlich.

»Ich hab nur den langen geringelten Schwanz gesehen. Wahrscheinlich ein Waschbär. Der tut keinem Menschen was zu Leide. Vermutlich ist das hier sein Versteck, in dem er die Tage verschläft. Waschbären gehen nämlich nachts auf Nahrungssuche und Beutefang.« Während Isabelle noch staunte, wie gut Suzanne sich auskannte, hatte ihre Cousine zwischen zwei besonders dicken Basaltstangen ein schmales Tor entdeckt und sich mutig hindurchgezwängt. Isabelle folgte ihr zögernd. In dem nicht sehr geräumigen Innern konnten sie gerade aufrecht stehen. Durch die engen Spalten fielen schmale Lichtstreifen auf den eingeebneten und offenbar festgestampften Erdboden.

»Weißt du was?« Diesmal klang echte Entdeckerfreude aus Isabelles Stimme. »Das hier war eine Falle! Hier drin wurden bestimmt Tiere gefangen, wahrscheinlich mit irgendwelchen Ködern hineingelockt. Wenn die Jäger dann die Öffnung schnell verschlossen, konnte das gejagte Tier nicht mehr heraus. Wäre die Tür hinten nicht offen gewesen, hätte nicht einmal der kleine Waschbär fliehen können. Und man braucht ja nur eine einzige Basaltstange in die Lücke zu stellen – schon ist der Fluchtweg versperrt.«

Suzanne nickte anerkennend, dann kletterten beide wieder ans Tageslicht und Suzanne wandte sich an ihre Führer um zu fragen, ob sie mit ihrer Vermutung Recht hatten. Der Junge schüttelte energisch den Kopf. Etwas ratlos blickten die Cousinen einander an, aber dann kam Suzanne eine neue Idee: »Ich hab's. Das ist keine Falle, sondern ein Käfig!«

»Fragt sich bloß, für was für Tiere. Man konnte sie durch die engen Spalten ja nicht einmal richtig betrachten. Meinst du, der Indianerjunge weiß mehr?«

Wieder übersetzte Suzanne ihre Frage ins Spanische, aber die Antwort des Jungen ließ sie einen Moment verstummen.

»Nun rück schon raus mit der Sprache. Was hat er gesagt?«, drängelte Isabelle.

»Er meint, das wäre ein Käfig für Jaguare gewesen!«

»Was?« Isabelle ging unwillkürlich in Deckung. »Meinst du, die Biester gibt's hier heute noch?«

»Dann hätten uns die beiden bestimmt nicht hierher geführt«, beruhigte Suzanne ihre Cousine. »Aber soviel ich weiß, waren die Jaguare für die Maya heilige Tiere. Vielleicht brauchten sie die für ihre Götzendienste. Stell dir nur einmal vor, wie die damals hier drinnen gefaucht und getobt haben müssen, wenn sie gemerkt haben, dass es für sie kein Entrinnen mehr gab!« Sie schüttelte sich und schaute noch einmal auf den Käfig.

Plötzlich wurde sie unruhig. »Du, ich glaube, jetzt wird es aber höchste Zeit, dass wir zu Ramón zurückkehren!«

Zum Glück fanden ihre beiden Führer mit nachtwandlerischer Sicherheit ohne Umwege zur Lichtung zurück, von der sie der ausgetretene Pfad rasch direkt zum Rastplatz gelangen ließ. Außer Atem und mit auf der Haut klebenden Kleidern, aber mit Augen, die vor Entdeckerfreude glänzten, kamen sie schließlich wieder beim Wohnmobil an.

Ramón hatte seinen Kopf tief unter die hochge-
klappte Motorhaube gebeugt und war damit beschäftigt, den Ölstand zu prüfen. Als er die Kinder heran-
keuchen hörte, blickte er auf, wischte sich die
verschmierten Finger an einem alten Lappen einigermaßen sauber und ließ die Haube in ihre Verriegelung
zurückfallen.

»Alles klar? Schön, dass man sich, was die Pünkt-
lichkeit anbetrifft, auf euch verlassen kann. Von mir
aus kann's sofort losgehen.«

»Ach, Ramón, wenn du geahnt hättest, was ...«,
sprudelte Suzanne hervor. Aber der unterbrach sie la-
chend. »Natürlich habe ich geahnt, was die beiden
euch zeigen wollten. Glaubst du, ich hätte euch sonst
mitgehen lassen? Ich kenne diese Riesenköpfe von
Villahermosa, das ist ein Fundplatz, nicht besonders
weit weg von hier; und sogar in unserem Museum in
Mexico City haben wir einen stehen.«

»Nein, das meine ich ja überhaupt nicht. Wir haben
nämlich ...«, warf Suzanne aufgeregt dazwischen.

Aber Ramón fiel ihr ins Wort. »Wisst ihr was? Erzählt mir das alles unterwegs, dann verlieren wir keine
Zeit dabei, einverstanden?«

Dann aber sah er die erwartungsvoll auf ihn ge-
richteten Augen der beiden Indianerkinder. »Ach ja,
natürlich. Das Wichtigste dürfen wir nicht verschwit-
zen vor lauter Eile«, setzte er entschuldigend hinzu
und fischte seine Geldbörse aus der Hosentasche. Er
griff ein paar Münzen heraus und legte sie in die ihm
fordernd entgegengestreckten Hände der beiden. Suzanne war mittlerweile in den Wagen geklettert und
kam nun, beide Hände voll Bonbons, wieder heraus-

gesprungen. »Da, nehmt euch das auch noch mit. Und vielen Dank – muchas gracias«, fügte sie eilends hinzu, als sie plötzlich merkte, dass sie in der Aufregung vergessen hatte Spanisch zu sprechen.

»Schlaue Kerlchen«, meinte Ramón, als er den beiden Indianerkindern nachblickte. »Ihre Eltern werden froh sein, dass die nächste Familienmahlzeit durch den ›Nebenverdienst‹ der beiden gerettet ist. Aber jetzt nichts wie rein in den Wagen; wir haben heute noch einiges vor uns.«

Der Motor heulte auf und das Wohnmobil holperte langsam durch ein paar große Schlaglöcher auf die Straße. Ramón lehnte sich bequem zurück. »So, jetzt erzähl mal«, wandte er sich an Suzanne. Die ließ sich das nicht zweimal sagen und schilderte ihre Abenteuer haarklein bis in alle Details. Als sie erzählte, wie Isabelle den vermeintlichen ›Astronautenhelm‹ gedeutet hatte, versetzte es Ramón einen richtigen Ruck. »Donnerwetter, wenn ich so was geahnt hätte, wäre ich natürlich mitgegangen – Siesta hin, Siesta her. Da habt ihr wirklich ein ganz überzeugendes Argument gegen diese üblen Geschäftemacher mit moderner Wundergläubigkeit gefunden. Selbst der Einfältigste muss einsehen, dass jeder Gedanke an ›Weltraumhelme‹ purer Unsinn ist.«

»Aber wie kommen denn nun diese Köpfe mitten in den Urwald – ohne Wagen und Pferd? Die alten Indianer können das doch niemals nur mit bloßen Händen fertig gebracht haben.«

»Sag das nicht. So ein Riesenkopf wiegt etwa 20 Tonnen. Sicher ein bemerkenswertes Gewicht, aber doch immer noch weniger als die Hälfte von dem, was ein einziger der kolossalen Granitblöcke des Sonnentempels von Stonehenge in Südengland wiegt, der übrigens viel älter ist als diese indianischen Riesenköpfe. Auch da hat man behauptet, den Menschen der Stein- und Bronzezeit wäre es völlig unmöglich gewesen, derartige Steinmassen über 150 Kilometer weit aus den Brüchen über das Land zu transportieren. Auch dort sollen irgendwelche ›Astronauten‹ oder ›Götter von fremden Sternen‹ geholfen haben. Bis dann ein paar Wagemutige auf die kühne Idee kamen, die Sache einmal auszuprobieren.«

»Und? Hat's geklappt?«

»Niemand wollte es glauben, aber es ging tatsächlich – nur mit Stricken, an denen Menschen die schweren Steinblöcke zogen, und mit Hilfe von geschälten Baumstämmen, die als Rollen daruntergelegt wurden. Um aber auf unsere Steinköpfe zurückzukommen: Das muss ja hier nicht seit ewigen Zeiten Urwald gewesen sein. Nehmen wir einmal an, dass es früher noch mehr Sümpfe in dieser Gegend gab, mit vielen Flüssen und Wasseradern. Da hätten die Olmeken – so hieß der Indianerstamm, von dem die Köpfe stammen – vor fast dreitausend Jahren die unbehauenen Steine auf Flößen heranschaffen können. Übrigens hat man das in England ebenfalls ausprobiert, sogar mit noch schwereren Steinen, und es ging.«

Isabelle legte nachdenklich einen Finger an die Nase. »Aber haben hier denn vor dreitausend Jahren Menschen aus Afrika gelebt, richtige Schwarze mit ganz breiten Nasen?«

»Natürlich hat man vermutet, dass Menschen aus

Afrika mit großen Flößen den Meeresströmungen gefolgt und nach Amerika gelangt seien. Genaueres weiß man nicht darüber. Es ist aber noch nie in einem Grab hier ein Schädel gefunden worden, der nicht von einem Indianer gestammt hätte. Außerdem: Wer sagt denn, dass breite Nasen typisch afrikanisch sind? Es gibt doch auch dort Eingeborenenstämme, zum Beispiel die Massai, das sind Viehzüchter in ostafrikanischen Savannen und Steppen, die keineswegs so breite Nasen haben. Wisst ihr überhaupt, was das zu bedeuten hat: eine breite Nase mit großen Nasenlöchern in tropisch heißen Gegenden? Dort braucht die eingeatmete Luft nicht im Nasenraum vorgewärmt zu werden um die Lunge zu schützen. Wir, die wir im kühleren Norden zu Hause sind, müssen eben zu diesem Zweck schon engere Nasen haben, kapiert?«

»Klar«, warf Suzanne ein. »Dann sind breite Nasen also eine sehr nützliche Anpassung an das heiße Klima im Inneren von Afrika, genau wie eine dunkle Haut wegen der stärkeren Sonnenbestrahlung?«

»Genau so ist es! Und deswegen ist ja auch jede Menschenrasse in ihrer Heimat die vollkommenste, die am besten angepasste. Europäer müssen sich in Afrika durch dunkle Sonnenbrillen, Tropenhelme und helle Kleidung vor der Sonne schützen und vertragen die Hitze trotzdem viel schlechter als die Eingeborenen.«

»Aber hier ist es doch genauso heiß wie in Afrika«, überlegte Suzanne.

»Ganz recht«, bekräftigte Ramón, »auch hier, in Mittelamerika, herrscht ein tropisches Klima wie in einigen Teilen Afrikas. Also wäre es wirklich kein Wunder, wenn es auch hierzulande Menschen mit breiteren Nasen gegeben hätte. Natürlich wären sie dann auch dunkelhäutiger gewesen als wir. Etwa so, wie eure beiden kleinen Führer heute. Wahrscheinlich sind also die Riesenköpfe denen der damaligen Ureinwohner, der Olmeken, nachgebildet. Ja, vielleicht haben sie die Gesichter sogar ihrem Jaguar-Gott nachgebildet. Die alten Olmeken haben den Jaguar nämlich als Gottheit verehrt. Ihr wisst vielleicht, dass diese Großkatze sozusagen der amerikanische Leopard ist, ganz ähnlich gefleckt wie der afrikanische. Vermutlich haben die Olmeken diese Köpfe zu Ehren verstorbener Stammeshäuptlinge oder Priester aufgestellt.«

Suzanne und Isabelle schauten einander verdutzt an, dann hielten sie es nicht mehr aus. Einander ständig unterbrechend erzählten sie Ramón von dem Jaguarkäfig und von dem Waschbär und was für Angst sie gehabt hätten.

Ramón hörte ihnen aufmerksam zu, fragte immer wieder nach und die beiden Cousinen spürten deutlich, dass er im Nachhinein allzu gern bei ihrer Exkursion dabei gewesen wäre.

Als plötzlich überraschend schnell die Dämmerung einsetzte, lenkte Ramón das Wohnmobil ein wenig abseits von der Straße. Hier war zwischen Buschwerk und vereinzelten Bäumen ausreichend Platz. Nur ganz allmählich ging der aufgelockerte Pflanzenbestand in einiger Entfernung in den Urwald über, der für ihren Wagen freilich undurchdringlich war wie eine grüne Mauer.

»So, hier werden wir also unsere letzte Nacht vor

dem Ziel der Reise verbringen. Scheint mir eine ruhige Gegend zu sein. Menschen dürften auch keine in der Nähe wohnen nach meiner Karte. Was machen wir denn zum Abendessen?«, fragte Ramón.

Suzanne und Isabelle machten sich mit Feuereifer ans Werk. Das Abenteuer hatte Appetit gemacht. Schnell schlugen sie ein paar Eier für ein Käseomelette in die Pfanne, dazu sollte es Salat und natürlich wieder herrliche einheimische Obstsäfte geben. Ramón befestigte unterdessen Moskitonetze über den Kabinenbetten. Sie hatten zwar ihre Tabletten gegen Malaria geschluckt, aber sie wollten am nächsten Morgen nicht völlig verstochen aufwachen, nur weil sie ein Fenster offen gelassen hatten um ein bisschen Frischluft hereinzulassen.

»Ab in die Falle«, kommandierte Ramón, als der Abwasch beendet war. Dann ging er noch einmal vorsorglich um den Wagen herum und legte unter jedes Rad einen Stein. Als er die Tür schließlich hinter sich verschloss, war es bereits stockdunkel. Droben in ihrer ›Kajüte‹ tuschelten die beiden Mädchen noch ein wenig über all die aufregenden Erlebnisse des Tages. Aber es sollte nicht lange dauern, bis ihnen die Augen vor Übermüdung zufielen, während Ramón beim weißen Licht der Campinglampe noch einige Eintragungen in sein Tagebuch machte.

Monster in der Morgendämmerung

Isabelle träumte von zu Hause. Sie saß am Fenster ihres Zimmers in Paris hinter dem kleinen Tisch, an dem sie immer ihre Schulaufgaben erledigte, und schrieb irgendetwas, während es draußen in Strömen regnete. Dicke Tropfen prasselten wie ein Hagelschauer gegen das Glas. ›Es muss tatsächlich hageln‹, dachte sie, ›so hart klingt es doch nicht, wenn nur Wassertropfen gegen eine Scheibe klatschen. Scheint sogar ein Gewitter zu sein, so ein Getöse ist da draußen.‹

Als sie endlich die Augen aufschlug, brauchte sie eine ganze Weile um sich zurechtzufinden. Aber seltsam: Das Geprassel, Geklatsche und Dröhnen hallte ihr noch immer in den Ohren. Regnete es wirklich? Vorsichtig richtete sie sich auf, zog den Vorhang ein wenig zur Seite und spähte in die Morgendämmerung hinaus. Aber da stand ein taufrischer, wolkenlos klarer Himmel über dem nahen Wald – von einem Gewitter mit Blitz, Donner und dunklen Regenwolken keine Spur. Woher kam nur dieses eigenartige Geprassel?

Isabelle fuhr mit einem Schrei zurück und stieß dabei Suzanne unsanft gegen die Wand ihrer Schlafkabine.

»Autsch, was ist denn, was ...«, brummelte Suzanne verschlafen, verstummte aber schlagartig, als sie erkannte, was Isabelle zu dem Schrei veranlasst hatte. Vor dem schmalen Fensterchen ringelten sich fette Schlangen, fuhren mit peitschenartigen Bewegungen heftig hin und her, verschwanden und kehrten, wild gegen die Scheibe schlagend, wieder zurück.

Isabelle kauerte sich neben Suzanne, die gebannt auf das unheimliche Schauspiel starrte. Das Geprassel und Getöse über ihren Köpfen schwoll immer mehr an, bis es schließlich in ein ohrenbetäubendes Gebrüll ausartete. Im selben Augenblick tauchte vor dem Fensterchen eine wahre Teufelsfratze auf. Ein bärtiges, dunkles Gesicht mit glühenden runden Glotzaugen über der breiten Nase, deren Löcher schräg nach beiden Seiten gerichtet waren. Aus dem weit aufgerissenen roten Maul fletschte ihnen der Unhold seine langen, gelben Zähne entgegen und der ganze Kopf war umrahmt von zotteligen schwarzen Haaren.

»Ein Monster, Ramón! Hilfe, ein Monster!«, schrie Suzanne und riss Isabelle mit sich in die hinterste Ecke ihrer ›Kajüte‹. Der Wagen erzitterte, als Ramón, sofort hellwach, mit beiden Beinen gleichzeitig von seinem Klappbett sprang. Ungestüm riss er das Moskitonetz zur Seite.

»Was ist denn los, um Himmels willen?«

Isabelle hatte die leichte Decke bis ans Kinn hochgezogen und deutete stumm mit ihrer freien Hand zum Fenster. Da glotzte gerade ein zweites, nicht minder fürchterliches Gesicht neben dem ersten herein, riss die Kiefer mit martialischen Eckzähnen weit auseinander und stieß dabei ein Gebrüll aus, dass sich Suzanne entsetzt die Ohren zuhielt.

Ramón ließ sich ins Innere des Wagens zurückplumpsen und hielt sich mit beiden Händen den Bauch vor Lachen. »Monster!«, prustete er. »Ach du liebe Zeit, ihr Angsthasen. Das sind doch nur Brüllaffen, wilde, aber ansonsten harmlose Brüllaffen! Sie haben sich ausgerechnet unser Wohnmobil zum Treffpunkt ausgesucht. Hört ihr, wie ihre Füße über das Karosserieblech trappeln?«

Er zog den Sperrriegel zurück, riss die Wagentür auf und sprang, barfüßig wie er war, mit beiden Armen wie mit Windmühlenflügeln rudernd und kaum weniger wilde Schreie als die Affen ausstoßend, ins Freie. Das war selbst den Brüllaffen zu viel. Im Nu waren die vermeintlichen Monster keckernd und schimpfend in den nächsten Baumkronen verschwunden.

Jetzt wagten sich die beiden Mädchen wieder zögernd an ihr Fensterchen. Isabelle musste herzhaft lachen, als sie sah, wie die Kerle eine lebende Hängebrücke bildeten: Wo bequem zu erreichende Äste für das Weiterhangeln von Baum zu Baum fehlten, packten sich einige besonders große Tiere gegenseitig an Händen und Füßen, auf diese Weise eine Kette bildend, über die dann die Jungtiere recht behänd in die Sicherheit der dicht belaubten Baumkronen kletterten.

»Ziemlich groß, die Burschen«, meinte sie zu Suzanne, die sich neben ihr die Nase an der Scheibe platt drückte.

»Mmh«, nickte die, »schätze so ungefähr 60 Zentimeter lang, die größten meine ich, und natürlich ohne Schwanz. Der kommt allein schon auf einen dreiviertel Meter. Was die für ein langhaariges Fell haben, an den Seiten so ein bisschen gelblich verziert – wie ein Pelzmantel.«

»Gut beobachtet«, nickte Ramón anerkennend, während er die Tür wieder hinter sich zuzog. »Sie heißen deshalb auch Mantel-Brüllaffen.«

»Und wozu brüllen die? Nur einfach so aus Spaß?«, wollte Isabelle wissen.

»Das nun weniger«, erklärte Ramón. »Hauptsächlich bekunden sie damit weithin hörbar, dass das ihr Gebiet ist, also das Revier, in dem sich die ganze Horde bevorzugt aufhält. Damit halten sie sich fremde Artgenossen vom Leib.«

»Aber was ist denn mit den Schlangen, da waren doch lauter Schlangen vor unserem Fenster, sind die wieder weg?«

»Schlangen?« Ramón sah sie verdutzt an. »Wie sollen denn ... – ach so.« Wieder mußte er schallend lachen. »Weißt du, was das in Wirklichkeit waren, eure ›Schlangen‹? Die Brüllaffen haben vom Wagendach ihre langen Schwänze herunterhängen lassen. Alle südamerikanischen Affen haben solche Schwänze und auffallend breite Nasen übrigens auch. So, und jetzt zum Frühstück, wenn ich bitten darf, diesmal ausnahmsweise im Wagen.« Er ließ mit einem kräftigen Schwung sein Klappbett einrasten. »Da draußen hätten wir wohl doch zu viele hungrige ›Gäste‹ mitzubewirten.«

Aber von den Affen war inzwischen nichts mehr zu sehen. Nur ihr Gebrüll schallte an- und abschwellend wie ein wütender Protest gegen die Vertreibung aus dem nahen Wald herüber.

»Los, wir müssen weiter. Wir haben noch eine ganz schöne Strecke vor uns. Aber heute Nachmittag sind wir hoffentlich endlich am Ziel!«, drängte Ramon, kaum dass die Mädchen ihr Frühstück beendet hatten. »Bald überqueren wir übrigens schon wieder eine Grenze«, erklärte er dann, während er das Wohnmobil vorsichtig auf die Straße zurückrollen ließ. »Der mexikanische Staat, in den wir jetzt fahren, heißt Chiapas.«

»Klingt ja geheimnisvoll«, meinte Suzanne.

»Klingt nicht nur so, denn dort wurden immerhin die seltsamsten und schönsten Funde aus der Zeit der Maya entdeckt. Aber das werdet ihr ja alles bald schon selbst sehen.«

Sehr abwechslungsreich war die Landschaft allerdings vorerst nicht gerade. Streckenweise wich der Wald etwas von der Straße zurück. Man hatte ihn wohl schon vor längerer Zeit gerodet oder auch einfach abgebrannt um Felder anlegen zu können. Hin und wieder kamen sie an einem ärmlichen Dorf oder ein paar einzelnen, niedrigen Gehöften vorbei. Am frühen Nachmittag tauchten endlich rechts am Horizont plötzlich wieder Hügel und hinter ihnen in der Ferne sogar höhere Berge auf. »Dort liegt unser Ziel«, meinte Ramón und nickte in Richtung des nächsten Höhenzuges. »Die alte Maya-Stadt Palenque. Bald haben wir's geschafft.«

Eine Geisterstadt im Urwald

Nein, so hatten sie sich das Ziel ihrer Reise nun doch nicht vorgestellt, dafür hätte selbst die ausschweifendste Phantasie nicht ausgereicht: eine verlassene Stadt der alten Maya, deren heiliger Tempelbezirk von Archäologen, den Altertumsforschern des großen Museums in Mexico City, wieder ausgegraben wurde. Und so ganz, ganz anders sah es hier aus als in Monte Albán. Auch eine Ruinenstadt, ja, aber nicht auf kahlem Felsplateau, sondern vom Urwald überwuchert, größtenteils von der grünen, nahezu undurchdringlichen Wildnis verborgen und voller ungeahnter Überraschungen. Was mochte es hier noch alles zu entdecken geben!

Der Urwald war mit unendlicher Mühe gerade so weit gerodet worden, dass die höchste Pyramide mit ihrem noch fast unversehrten Tempel sowie eine weitläufige Ruine mit halb zerfallenen Mauern, geborstenen Treppen, Innenhöfen, kleinen, an enge Klosterzellen erinnernden Zimmerchen und einem viereckigen, mehrstöckigen Turm wieder freilagen. Staunend durchstreiften die beiden Mädchen unter Ramóns Führung das Gelände. Am Fuße der Ruine mit dem Turm blieben sie stehen.

»Das nennen sie hier den Palast«, erklärte Ramón und deutete auf die weitläufige Anlage. »Aber natür-

lich weiß heute kein Mensch, wer da drin einmal gewohnt hat. Vielleicht die Priester. Nur welche Auf-
gabe der eigenartige Turm hatte, daran gibt es keinen
Zweifel.«

»Ja? Wahrscheinlich war das so eine Art Ausguck
für Wachtposten«, mutmaßte Suzanne.

»Nein, das mit Sicherheit nicht: Das war eine Sternwarte. Die alten Maya waren nämlich ganz vorzügliche Sternwissenschaftler, Astronomen, und von solchen Türmen aus beobachteten ihre Priester nachts
den Himmel und verfolgten die Bewegungen der Ge-
stirne«, erklärte Ramón.

»Komisch, eine Sternwarte habe ich mir ganz anders vorgestellt«, wunderte sich Isabelle. »So mit einer
riesigen Kuppel oben drauf, aus der ein großes Fern-
rohr oder Spiegelteleskop herausschaut.«

»Fernrohre zur Himmelsbeobachtung kannten die
Maya noch nicht. Die gab es übrigens damals auch in
Europa noch nicht, sondern erst über 1000 Jahre später, in der Zeit des berühmten Physikers und Astronomen Galilei, im 17. Jahrhundert. Aber das Tollste
ist, dass diese Maya-Astronomen auch ohne Fernrohre ganz exakte Vorausberechnungen machen
konnten – etwa über bevorstehende Sonnenfinsternisse. Sie haben damals auch schon einen Kalender
erarbeitet, der viel genauer war als der zur gleichen
Zeit in Europa gültige. Ihr erlebt übrigens gerade
jetzt ein Beispiel dafür, dass die Maya sich in allem
nach den Sternen und den Gesetzen ihres Kalenders
richteten.«

»Wieso? Ich merke nichts«, wunderte sich Isabelle.

Ramón lachte. »Du wirst es gleich unter deinen

Füßen spüren, wenn wir die Treppe der großen Pyramide hinaufklettern. Eigentlich sind es ja vier Treppen, aus jeder Himmelsrichtung führt eine zum Tempel oben auf die Plattform hinauf, jede hat genau 91 Stufen. Na, dämmert's jemandem?«

Suzanne zog ihre Stirn kraus. »4 mal 91, das sind zusammen 364 Stufen. Wenn das irgendetwas mit der Zahl der Tage im Jahr zu tun hat, dann haben sich die Maya tatsächlich nur um einen einzigen geirrt.«

Ramón nickte anerkennend: »Nicht schlecht, deine Schlussfolgerung. Aber schaut mal hierher. Der Tempel selbst steht noch einmal auf einer hohen Stufe und mit der sind es dann tatsächlich 365.«

Nach dem anstrengenden Aufstieg wischte Ramón sich schnaufend mit seinem Taschentuch den Schweiß von der Stirn und fächelte sich ein wenig Luft zu. »Jetzt haben wir aber eine Pause verdient! Da, schaut euch nur von oben an, was wir dem Urwald schon abgerungen haben.«

Der Anblick war überwältigend. Hinter dem Palast ragten noch einige kleinere Pyramiden in die hitzeflimmernde Luft vor dem dampfenden tropischen Urwald, der sich wie eine dunkelgrüne Wand dahinter erhob. Ihre Stufen waren noch nicht alle freigelegt und die Tempel auf ihren Plattformen zum Teil eingestürzt. Zu ihren Füßen waren hier und da Mauerreste zu erkennen, die gerade ausgegraben wurden. Ramón vermutete, dass es sich dabei um die Überreste von Wohnhäusern handelte, aber das müsse sich erst noch bestätigen, nachdem alles in einen maßstabgetreuen Plan eingezeichnet sei. Erst dann könne man sich wirklich ein Bild davon machen, wie die Gebäude einmal angeordnet waren und die Straßen zwischen ihnen verliefen.

»Woher weiß man eigentlich, dass tiefer drin im Urwald noch mehr Ruinen, ich meine Pyramiden, sind?«, fragte Suzanne.

»Vom Hubschrauber aus kann man manche der künstlichen Hügel ausmachen, unter denen sich weitere Pyramiden verstecken. Ihr könnt euch ja denken, dass in rund 1300 Jahren – so lange ist diese Stadt jetzt unbewohnt – alles über und über zugewuchert ist. Ein Teil dieser Pflanzen wurde inzwischen längst wieder zu Erde, deshalb müssen die Pyramidenstufen regelrecht ausgegraben werden. Eine schwere, schweißtreibende Arbeit, kann ich euch sagen. Das kann man nämlich nicht mit Baggern erledigen, die würden viel zu viel dabei kaputtmachen. Nein, das geht nur per Hand – und das bei fast 40 Grad im Schatten! Erst muss alles aus dem Gewirr von Schlingpflanzen befreit werden. Am schlimmsten sind die Würgfeigen, die hier alles überwuchern.«

»Aber warum ist denn die alte Maya-Stadt – warte mal, vor 1300 Jahren hast du gesagt, ja, also schon im siebten Jahrhundert nach Christus – eigentlich verlassen worden?«, fragte Isabelle.

Ramón zuckte mit den Schultern. »Wenn wir das wüssten! Bis jetzt gibt es nur Theorien darüber. In einem Krieg jedenfalls ist sie nicht zerstört worden, denn Spuren von Kämpfen hat man bis jetzt nur in ganz wenigen Fällen andernorts entdeckt. Die gesamte Bevölkerung muss hier, wie in den meisten anderen Städten der Maya, ihre Heimat eines Tages wie auf höheren Befehl verlassen haben. Vielleicht, weil die Felder der Umgebung, von deren Erträgen die Menschen lebten, erschöpft waren, ihr Boden ausgelaugt durch die vielen Ernten und künstlichen Dünger kannte man ja damals noch nicht. Kommt«, forderte er die beiden auf, »wir schauen uns mal im Tempel selbst um!«

Der Innenraum, den sie zwischen frei stehenden Steinpfeilern betraten, war nicht besonders geräumig. An seinen Wänden konnten sie Reliefs erkennen von Maya-Indianern in prunkvollen Gewändern, wahrscheinlich von Priestern oder Stammesfürsten. Ramón zeigte ihnen auch, wie die alten Maya Zahlen schrieben, denn auf einigen Reliefs war auch ein Datum eingemeißelt.

»Woher weißt du eigentlich, dass das Maya waren und nicht irgendein anderes Volk, die die Stadt hier und alle Pyramiden gebaut haben?« Suzanne schaute fragend zu Ramón auf. Der wies auf einen riesenhaften Indianerkopf, der von der Wand eines Pfeilers auf sie herabblickte.

»Schau dir mal seine Nase an, fällt dir was auf?«

»Mensch«, entfuhr es Suzanne, »so was gibt's doch gar nicht. Bei dem geht ja der Nasenrücken bis über die Stirn hinauf weiter.«

Isabelle hatte sich inzwischen die anderen Reliefs angesehen. »Bei denen hier auch«, rief sie aus der gegenüberliegenden Ecke des Tempelraums.

»Und genau das ist der Beweis«, erklärte Ramón. »Zwar hatten die Maya genau solche Nasen wie wir, wenn man mal von der etwas stärkeren Krümmung absieht. Aber bei ihnen galt es als Schönheitsideal, dass der Nasenrücken bis zum Haaransatz reichte, und also haben sie ihre Nasen künstlich verlängert mit einem aufgesetzten Rücken, meist aus Holz zurechtgeschnitzt. Es soll ja auch heute noch Frauen geben«, lächelte er, »die ihre Augenwimpern verlängern, indem sie sich künstliche ankleben.«

Den Abstieg fanden Isabelle und Suzanne überraschenderweise viel beschwerlicher als den Aufstieg zum Tempel, weil einem da, wie Suzanne sagte, die Knie immer wieder wegsackten. Außerdem wurde ihnen schwindlig, sobald sie vor sich die steile Treppe mit ihren hohen Stufen hinabschauten.

Als sie endlich wieder unten waren, blickte Isabelle noch einmal bewundernd die Stufen hinauf. »Die Maya müssen echte Hochleistungssportler gewesen sein«, schnaufte sie.

»Kommt, ihr Athleten«, lachte Ramón. »Genug geturnt für heute! Morgen ist auch noch ein Tag.«

Die unheimliche Stimme aus der Tempelruine

Als sie am nächsten Morgen vor ihrem Wohnmobil, das ein wenig abseits von den Unterkünften der Archäologen unter dem breit ausladenden Laubdach eines Schatten spendenden Baums abgestellt war, frühstückten, stand die Sonne bereits wieder als ein feuriger Ball hoch am wolkenlosen Himmel. Der Wald dampfte noch vor Feuchtigkeit, denn in der Nacht war ein kurzes, aber heftiges Gewitter niedergegangen, aber sonst war alles schon fast wieder so trocken wie am Tag zuvor.

Isabelle und Suzanne warteten ungeduldig, dass Ramón endlich sein Frühstück beenden würde. Die Ruinen ringsum steckten voller Geheimnisse, welche Abenteuer mochten dort auf sie warten! Die beiden Mädchen wollten sofort aufbrechen, doch sie sahen sich in ihrem Forscherdrang enttäuscht. Denn Ramón eröffnete ihnen: »Ich muss mich heute um meine Leute kümmern. Schließlich bin ich auch zum Arbeiten hergekommen. Sicher versteht ihr, dass ich heute keine Zeit für euch habe.«

Was? Sollten sie etwa den ganzen Tag hier im Schatten vertrödeln und warten, bis der Archäologe zurückkam?

Als Ramón die enttäuschten Gesichter seiner beiden Nichten sah, überlegte er einen Moment und sagte dann: »Ihr könntet ja vielleicht auch allein losziehen! Aber bitte keine waghalsigen Kletterpartien und geht nur so weit von der Ausgrabungsstätte weg, wie ihr den Turm der Sternwarte noch sehen könnt, vor allem nicht tiefer in den Wald hinein. Und schaut immer, wohin ihr eure Füße setzt – wegen der Schlangen. Zieht euch feste Schuhe an! Um 13 Uhr gibt's Mittagessen, da drüben unter dem Sonnendach. Die Indianerfrauen kochen ›einheimisch‹, da könnt ihr euch jetzt schon auf was Gutes freuen.«

»Okay!« Isabelle hatte es auf einmal sehr eilig und begann den Frühstückstisch abzuräumen, »du kannst dich auf uns verlassen. Wir erledigen nur noch den Abwasch und dann zischen wir ab.«

Es dauerte keine Viertelstunde, dann zogen sie los. Es war herrlich, bei jedem Schritt über uralte Mauerreste, Treppen hinab und hinauf, durch halb zerfallene Türen hindurch und über die versteckten Innenhöfe des Palastes mit neuen, unerwarteten Entdeckungen rechnen zu müssen. Sie krochen durch enge Türöffnungen in die ›Zellen‹ und fanden sogar noch farbige Reste längst verwitterter Wandgemälde. Eines war noch ziemlich deutlich zu erkennen, wenn auch bereits ein beträchtlicher Teil der Farbschicht abgeblättert war.

»Guck mal, ein Drache.« Suzanne deutete auf das drohend weit aufgerissene Maul des seltsamen Tiers.

»Nein, ich meine, das ist eher eine Art Schlange, oder kannst du irgendwo Füße erkennen? Außerdem ist der Leib rund und ziemlich lang«, wandte Isabelle ein.

»Stimmt. Aber seit wann haben Schlangen Federn?« Suzanne beugte sich ganz nah über das in roten, gelblichen und grünen Farbtönen gehaltene Wandgemälde. »Warte mal, eine Schlange mit Federn. Erinnerst du dich nicht, dass uns Ramón von dem Gott Quetzalcoatl erzählt hat, der immer als ›Federschlange‹ dargestellt wurde? Das muss er sein.«

»Quetzalcoatl, Menschenskind, da kriegt man ja einen Knoten in die Zunge! Guck dir nur die Augen von dem Vieh – oh, Pardon –, dem Gott, an, richtig zum Fürchten.«

Isabelle spürte ein eigenartiges Kribbeln zwischen den Schulterblättern. »Suzanne«, sie flüsterte unwillkürlich, »komm, lass uns hier rausklettern, mir ist ganz unheimlich.«

»Wieso? Die olle Federschlange kann doch bestimmt nicht beißen.«

»Grins nicht so dämlich. Hast wohl noch nie was von verzauberten Orten gehört, an denen den, der sie entweiht oder auch nur betritt, ein Fluch trifft? Vielleicht ist das hier so ein Ort, so eine Art Heiligtum oder eine Kirche der Maya-Indianer, und wer weiß, was deren Priester noch alles konnten außer Kalender und Sonnenfinsternisse berechnen! Nee, hier bleibe ich keine Minute länger.« Sie drehte sich eilig um und stolperte über einige von der geborstenen Decke herabgestürzte Steine dem Mauerloch entgegen, durch das sie hereingekrochen waren. Allein war es allerdings auch Suzanne in dem Gemäuer nicht mehr ganz geheuer. So rasch es ging, folgte sie ihrer Cousine hinaus in die blendende Sonne.

Auf dem Turm der Sternwarte gab es nichts zum Fürchten. Zwar musste man seine Füße auf den stark verwitterten Treppenstufen etwas vorsichtiger setzen, aber dafür belohnte sie ganz oben ein herrlicher Rundblick.

»Schau mal dort hinüber, nein, ganz da hinten«, Isabelle deutete zu dem Waldrand, »siehst du den eigenartigen, ganz überwucherten grünen Hügel mit dem Gestrüpp oben drauf? Bestimmt steckt da eine noch nicht ausgegrabene Pyramide drunter mit einem zugewucherten Tempel darauf. Los, das müssen wir untersuchen.«

Aber von unten war es dann doch nicht so einfach, die genaue Richtung wiederzufinden. Erst nach längerem Suchen standen sie, vor Anstrengung schnaufend, am Fuß der versteckten Pyramide. Denn dass es eine war, daran gab es jetzt keinen Zweifel mehr. Durch das verwilderte Buschwerk auf der Spitze des grünen Hügels lugten hier und dort abbröckelnde Mauerreste und steinerne Pfeiler hervor. Dort musste also tatsächlich ein alter Tempel stehen.

»Los, keine Müdigkeit vorschützen«, kommandierte Suzanne, »nichts wie rauf.«

Doch das war leichter gesagt als geklettert. Die Stufen der Pyramide lagen unter einer dicken, modrigen Erdschicht und waren mehr zu ahnen als zu sehen. Am leichtesten ging es noch auf allen vieren, zumal an Lianen zum Festhalten kein Mangel herrschte.

Schwitzend und außer Atem erreichten sie schließlich die Plattform mit dem Gebüsch. Ja, da war sie, die versteckte Tempelruine. Ihr Dach schien sogar noch ganz erhalten und wie schon bei dem Tempel auf der großen Pyramide war die Vorderfront zwischen den stützenden Pfeilern offen. Sie zwängten sich durch das fast undurchdringliche Gewirr der Würgfeigenäste und kletterten über ein paar große Steinbrocken hinweg in den Innenraum.

Geheimnisvoll glitzerten die feuchten Wände im grünlichen Dämmerlicht hinter dem dichten Vorhang der Schlingpflanzenblätter.

Ein sonderbares Gefühl beschlich die beiden. Es war eigentlich keine richtige Angst, nein, eher eine Beklemmung, ein seltsamer Druck auf der Brust. Vielleicht war auch die ungewohnte Stille daran schuld. Denn jetzt, kurz vor dem Höchststand der Sonne, störten nicht einmal mehr das ferne Gelärm der Brüllaffen oder die seltsamen Rufe der Tukane die Ruhe unter der flimmernden Hitzeglocke des tropischen Himmels.

»Als ob die Zeit still stünde«, wisperte Suzanne, als fürchtete sie durch lautes Reden die weihevolle Stille des alten Götzentempels zu stören. »Ob hier auch Menschen geopfert wurden?« Neugierig trat sie noch ein paar Schritte tiefer in den düsteren Tempelraum. Doch urplötzlich wich sie entsetzt zurück. »Hilfe! Isabelle! Was ist das für eine scheußliche Fratze?« Das Furcht einflößende Gesicht nahm fast die ganze Querwand des Gebäudes ein. Riesige, weit auseinander stehende Zähne fletschten ihnen unter einer rüsselartig langen, nach oben gekrümmten Nase entgegen. Runde, hervorquellende steinerne Augen starrten sie drohend an.

»Der Wassergott!«, rief Isabelle aufgeregt. »Ja, bestimmt, ich erinnere mich genau an ein Bild von ihm, das ich zu Hause in dem Buch über die Maya gesehen habe. Weißt du, was das für eine komische Nase ist? Ein Tapirrüssel. Tapire gibt es hier in Amerika. Sie sehen, glaube ich, so ein bisschen wie unsere Wildschweine aus, nur dass sie eben noch längere Rüssel haben. Also vor dem brauchst du dich nicht zu fürchten, der war nur für genügend Regen zuständig.«

Isabelle ging mutig etwas näher heran. Sie hob gerade ihre Hand um an den seltsamen Rüssel zu fassen – da geschah es. Der unheimliche, in dem düsteren Tempelraum lange dröhnend nachhallende Ton schien direkt zwischen den Zähnen des Götzengesichts hervorzukommen. Es klang zuerst wie ein gigantisches Gähnen, aber dann konnten die beiden vor Schreck wie auf der Stelle festgebannten Mädchen einzelne, unverständliche Laute unterscheiden: »Uuh-aah-uuh – Oocho-oocho-lulaluluh-ahuuuaah-chipili-lua-ahuuh!«

Waren das Silben der alten Maya-Sprache? Wie in aller Welt konnte ein steinernes Göttergesicht reden?

Mit weit aufgerissenen Augen starrten die beiden auf die unbewegte Maske aus Stein. Als sich endlich ihre Erstarrung löste, wichen sie wie auf Verabredung behutsam Schritt für Schritt zurück. Erst zwischen den Pfeilern wagten sie sich umzudrehen und den Blick von der drohenden Götzenfratze zu lösen.

»Uuuaahuahuahua!«, jaulte es hinter ihnen her, als

sie sich zwischen den rankenden Pflanzen hindurch ins helle Sonnenlicht retteten. Dann gab es kein Halten mehr. Auf den längst abgewetzten Jeans den Pyramidenhang mehr hinabrutschend als kletternd, gönnten sie sich erst eine Verschnaufpause, als sie endlich wieder unten angelangt waren. Jetzt, in der alles überflutenden Mittagshelligkeit, siegte endlich doch ihre Neugier.

»Das gibt es doch gar nicht, dass ein steinernes Bild irgendetwas ruft oder spricht. Dass ich nicht lache«, erklärte Suzanne betont forsch.

»Na, da droben ist dir jedenfalls das Lachen vergangen.« Isabelle ließ sich erschöpft ins Gras fallen. »Hier im Freien und Hellen kann man gut den Helden spielen.«

»Du denkst natürlich schon wieder an einen alten Maya-Zauber.« Doch da richtete sich Isabelle mit einem Ruck auf, packte Suzanne am Handgelenk und zerrte sie, aufspringend, hinter einen nahen Busch.

»Still, keinen Ton«, zischte sie ihrer verblüfften Cousine ins Ohr. »Da oben am Tempeleingang tut sich irgendwas. Ich habe eine Hand gesehen, eine dunkle, die die Zweige auf die Seite schob. Ein Gespenst kann so was nicht, nicht einmal das von einem alten Maya-Priester.«

Ja, jetzt konnte auch Suzanne erkennen, dass sich hoch oben auf der Plattform etwas bewegte. Ein Indianerjunge war es, sie sah ihn ganz deutlich durch die Zweige. Vorsichtig lugte er nach allen Seiten, dann huschte er, geschmeidig wie eine Katze, den Hang hinab, direkt an ihrem Versteck vorbei.

Das heißt: beinahe vorbei. Suzanne hatte eine ge-

rechte Wut gepackt. Der also war's, der sie so zum Narren gehalten hatte. Na warte! Mit einem gewaltigen Satz schoss sie hinter dem Gezweig hervor, dem Jungen direkt in den Weg, und packte ihn, ehe er sich's versah, mit beiden Händen fest an den Oberarmen.

Er war wohl kaum weniger erschrocken als sie eben vor dem ›sprechenden‹ Götzenbild. Suzanne suchte in fieberhafter Eile die spanischen Worte zusammen: »Was sollte das? Warum hast du uns so erschreckt?« Sie schüttelte ihn. »Los, was hast du dir dabei gedacht?«

Die Unterhaltung verlief stockend und recht holprig, weil Suzanne immer wieder die passenden Worte fehlten. Isabelle hatte inzwischen Zeit ihren Fang genauer zu betrachten. Der Junge mochte in ihrem Alter sein. Er sah ziemlich abgerissen aus. Er war barfuß und schaute die beiden weißen Mädchen ängstlich an. Sein kurz geschnittenes Haar glänzte fast blauschwarz.

»Wie heißt du?«, frage ihn Suzanne.

»Manuel«, gab er kleinlaut zur Antwort. Doch Suzannes Zorn hatte sich bereits gelegt. Der Scherz war dem Jungen wirklich gelungen, das musste der Neid ihm lassen.

»Ich heiße Suzanne und das ist Isabelle«, erklärte sie nun schon freundlicher und lächelte sogar schon wieder ein wenig. »Warum hast du uns verjagen wollen?«

Scheu, als traue er diesem Lächeln nicht ganz, blickte der Fremde Suzanne mit leicht geneigtem Kopf schräg von unten her an. »Ich will nicht, dass da oben jemand in alle Ecken guckt.«

»Und warum? Ist das dein Versteck?«

Er schüttelte verneinend den Kopf.

»Dann hast du also sonst was drin versteckt, stimmt's?« Suzanne bemerkte, wie Manuel verkrampft schluckte. Na ja, ein Lügner schien er nicht zu sein, der wäre abgebrühter und ließe sich nichts anmerken. »Was ist? Heraus mit der Sprache!«

Zögernd streckte ihr Manuel seine zur Faust geballte linke Hand entgegen. Als er sie langsam öffnete, sah sie ein aus Ton gebranntes rotbraunes kleines Menschenköpfchen auf der Handfläche liegen. Es war höchstens drei Zentimeter lang, aber ganz unverkennbar ein echtes Indianergesicht. Das bewiesen allein schon die etwas schräg gestellten, schmalen Augen, die hohen Backenknochen und die scharf geschnittene Adlernase.

»No imitation«, sagte Manuel unerwartet auf Englisch. »It's truely old.«

Das verstand auch Isabelle. »Er behauptet, das Köpfchen sei wirklich und wahrhaftig alt und keine Nachahmung.« Sie drehte sich wieder dem Jungen zu. »Wie alt ist es denn und wo hast du es her?« Aber der Fremde schaute sie so verständnislos an, als hätte sie Chinesisch und nicht Englisch gesprochen.

»Wie alt?«, wiederholte Suzanne auf Spanisch.

»Oh, über tausend Jahre.«

»Und wer hat es dir gegeben?«

»Das darf ich nicht verraten, niemals«, stieß Manuel erschrocken hervor.

»Aber was machst du denn damit?«, bohrte Suzanne, neugierig geworden, nach.

»Verkaufen, an die Touristen, die jeden Tag hierherkommen mit Bussen und überall herumlaufen und gucken.«

»Ach so.« Isabelle ging ein Licht auf, als ihr Suzanne die Erklärungen des Indianerjungen wiederholte. »Jetzt kapiere ich, weshalb der mein Englisch nicht versteht. Wahrscheinlich hat ihm irgendwer nur die paar Sätze beigebracht, die er jedesmal sagen muss, wenn er den Touristen etwas zum Kaufen anbietet.«

»Hast du in deinem Versteck noch mehr davon?«, fragte Suzanne.

Manuel nickte.

»Wenn du uns nicht sagen willst, woher du die Sachen hast, sind sie bestimmt gestohlen.«

»Nein, nein, ich bin kein Dieb! Aber ich darf es

nicht sagen, sonst werde ich geschlagen.« Ängstlich blickte er sich um, als befürchtete er, es könne jemand in der Nähe sein und dieses Verhör beobachten.

»Was willst du dafür haben?« Manuel nannte einen derart geringen Preis, dass die beiden sich sofort entschlossen Ramón das Indianerköpfchen als Geschenk mitzubringen.

»Mal sehen, ob's reicht, was ich an Geld mit mir herumschleppe.« Isabelle zog einen winzigen ledernen Brustbeutel, der mit einer dünnen Schnur um ihren Hals hing, aus dem T-Shirt hervor. »Hier«, zählte sie Manuel ein paar mexikanische Münzen auf die ausgestreckte linke Hand und nahm vorsichtig mit spitzen Fingern das Köpfchen aus seiner rechten.

Noch bevor sie es genauer betrachten konnte, war der Junge wie der Blitz herumgefahren und lautlos im nahen Gestrüpp verschwunden. Isabelle ließ das erhandelte Köpfchen in ihren Brustbeutel gleiten und schaute auf die Uhr.

»Hilf Himmel, guck mal. Es ist allerhöchste Zeit, komm.« Ungeachtet der lähmenden Hitze setzten sie sich in Trab Richtung Wohnmobil. »Schnell, zum Mittagessen.«

Aber da half alles Rennen nichts mehr, die anderen saßen längst am Tisch. Doch bevor Ramón sie auch nur missbilligend ansehen konnte, hatte ihn Suzanne schon mit einem sprudelnden Wortschwall überfallen, während ihm Isabelle ihr Geschenk dicht vor die Nase hielt. »Soso«, murmelte er. »Kaum lässt man euch allein, schon erlebt ihr Abenteuer mit

Geisterstimmen und einem waschechten Schatzgräber.«

»Schatzgräber?« Suzanne schaute ihn sprachlos an.

»Aber gewiss doch. Was habt ihr denn geglaubt, woher euer Manuel das Köpfchen hat? Das ist nämlich offensichtlich wirklich echt und keine billige Nachahmung für leichtgläubige Touristen. Aber nun esst erst mal, nachher will ich euch die Geschichte erklären.«

Freundschaft für immer!

Während ihrer kurzen Siesta fand Ramón Zeit, mit Suzanne und Isabelle über ihre seltsame Begegnung mit Manuel und dessen dunkle Geschäfte zu sprechen. Sie lagen alle drei nebeneinander im Schatten eines breitkronigen Baumes auf Decken, die Ramón aus einem Staukasten des Wohnmobils zum Vorschein gebracht hatte. Nur so, wenn man sich möglichst wenig bewegte, war diese drückende Mittagshitze einigermaßen erträglich. An Arbeit mit Hacke und Spaten war im Augenblick nicht zu denken.

»Wahrscheinlich ist euer neuer Freund eines von den vielen Kindern, die hier überall mitverdienen müssen, wo sich eine Gelegenheit dazu bietet, weil ihre Eltern einfach nicht genug aufbringen können um alle Mäuler zu stopfen. Vielleicht ist der Vater auch arbeitslos. Die Figürchen, die dieser Manuel an Touristen verkauft, stammen aus Gräbern der Maya-Zeit, die uns Forschern noch nicht bekannt sind. Ich vermute, dass seine älteren Brüder und der Vater solche Grabstätten irgendwo abseits im Urwald entdeckt haben und heimlich öffnen. Manchmal arbeitet auch eine größere Gruppe von ›Spezialisten‹ zusammen und geht vorwiegend nachts ihrem verschwiegenen Gewerbe nach.«

»Nachts im Dunkeln alte Gräber aufbuddeln!« Isabelle schüttelte sich. »Dass die keine Angst haben!«

»Natürlich haben sie Angst, aber nicht vor den bleichen Maya-Knochen in den Gräbern, die da schon seit 1300 Jahren vermodern, sondern davor, dass sie bei ihrem verbotenen Tun erwischt werden. Das ist ja auch der Grund, weshalb euch der Junge auf keinen Fall verraten durfte, woher er die Indianerköpfchen hat.«

»Was ich nicht verstehe«, Suzanne runzelte nachdenklich die Stirn, »weshalb haben denn die Maya ihren Toten kleine Menschenfigürchen mit ins Grab gegeben? Unser Köpfchen gehörte doch wohl zu einer ganzen Figur, oder nicht?«

»Sicher, diese Figuren stellten wahrscheinlich Diener dar, die im Jenseits für die Verstorbenen sorgen sollten, damit es ihnen an nichts mangelt. In den ägyptischen Pyramiden jedenfalls hat man viele solche Dienerfiguren gefunden, zum Beispiel im Grab des berühmten jungen Königs Tutanchamun. Wir können gegen diesen Schwarzhandel mit Gräberfunden leider so gut wie nichts ausrichten. Die Banden halten wie Pech und Schwefel zusammen und kennen alle Schlupfwinkel in den Ruinen und im Urwald. Sogar die Polizei ist da machtlos und die Regierung ist weit. Trotzdem, wenn ihr den Jungen noch einmal trefft, versucht etwas aus ihm herauszubringen. Vielleicht würde uns das helfen ein unbekanntes Gräberfeld oder sogar eine ganze alte Wohnsiedlung zu entdecken.«

Als Ramón sich schließlich aufrappelte um wieder an die Arbeit zu gehen, machten sich die beiden Cousinen erneut auf den Weg. Ohne dass sie es verabredet hätten, lenkten sie ihre Schritte unwillkürlich wieder an den Ort ihres vormittäglichen Abenteuers.

Und tatsächlich sahen sie Manuel schon von weitem am Hang ›ihrer‹ Pyramide neben einem nur geringen Schatten spendenden Busch rücklings auf dem Boden liegen. Er hielt die Arme unter seinem Kopf verschränkt und hatte einen alten, schon reichlich zerfledderten Hut tief über die Augen gezogen. Vermutlich war er in der Mittagsstille eingeschlafen. Völlig reglos und entspannt lag er im Gras.

»Warte!« Isabelle blieb stehen und hielt Suzanne zurück. »Wie wär's, wollen wir jetzt zur Abwechslung ihm einen Streich spielen? Komm, wir schleichen uns näher ran!«

Behutsam, wie sichernde Indianer auf dem Kriegspfad, näherten sich die beiden dem schlafenden Jungen in einem weiten Bogen, so dass sie durch das Buschwerk vor einer Entdeckung sicher waren. Sie waren schon ziemlich nahe herangekommen, als sie den Schlafenden endlich wieder sehen konnten.

Doch was war das? Suzanne stockte schier das Blut in den Adern! Ungestüm riss sie Isabelle zurück.

»Still, rühr dich nicht«, zischte sie ihr zu, »da!«

Ihre ausgestreckte Hand, die auf einen flachen Stein unmittelbar neben dem friedlich schlummernden Jungen deutete, zitterte: Eine Klapperschlange – aufgeringelt, aber den zugespitzten Kopf stoßbereit hochgereckt – hatte ihren starren Blick auf Manuel gerichtet! Isabelle überlegte fieberhaft: Wie hatte Ramón die Schlange erledigt, die Suzanne bedrohte? Doch diesmal war kein Zeltstab zur Hand, und an ein näheres Herankommen war gar nicht zu denken ohne das gefährliche Tier aufzuschrecken. Manuel durch Zurufen wecken? Um Himmels willen – nein! Bei seiner ersten Bewegung würde die Schlange vorschnellen und ihm ihre langen, nadelspitzen Giftzähne in den Hals bohren. Da fiel Isabelles Blick auf einen glatten, runden Stein vor ihren Füßen. Langsam ging sie in die Hocke, packte den Stein und richtete sich lautlos auf. Sorgfältig wog sie den glatten, etwa kokosnussgroßen Stein in der Hand und schätzte, jetzt auf einmal ganz ruhig und entschlossen, die Entfernung ab. Suzanne hielt vor Angst den Atem an. Wenn jetzt nur nichts schief ging!

Mit zusammengekniffenen Augen fixierte Isabelle die Schlange. Der blieb nicht einmal die Zeit aufzufahren, als das Wurfgeschoss heransauste, mit Wucht auf sie niederschmetterte und ihr das Rückgrat brach. Ein paar hilflose Zuckungen noch, dann streckte sich der schuppige Leib. Das giftige Reptil war tot, Manuel außer Gefahr.

Tief aufatmend wischte sich Isabelle mit dem Arm die Schweißtropfen von der Stirn. Der Indianerjunge war, jählings aus seinem friedlichen Schlummer gerissen, erschrocken in die Höhe gefahren, als der Stein krachend aufschlug. Nun starrte er abwechselnd auf die beiden Mädchen und die verendete Schlange. Dann rappelte er sich hoch. Mit hängenden Schultern stand er vor den beiden und Isabelle merkte trotz seiner dunklen Hautfarbe, wie ihm das Blut ins Gesicht schoss. Er konnte nicht verhindern, dass seine Knie zu zittern begannen.

»Ich«, schluckte er mühsam, »ihr habt mir ...«, wieder musste er schlucken. »Wenn sie mich gebissen hätte ..., wenn ich weitergeschlafen hätte ...« Isabelle verstand, was er sagen wollte – auch ohne Suzannes Übersetzung.

»Ach wo«, versuchte Suzanne Manuel aus seiner Verlegenheit zu helfen. »Du wärst bestimmt nicht an dem Gift gestorben. Ramón, das ist unser Onkel, hat nämlich eine Spritze und das Gegenmittel dabei.«

»Aber ich ...«, wieder geriet Manuel ins Schlucken. »Bitte, verzeiht das von heute Morgen, ich bin jetzt euer Freund, für immer.« Seine dunklen Augen glitzerten feucht.

»Und wir sind deine Freundinnen, auch für immer.« Fest schüttelten sie seine Hände zur Bekräftigung dieses seltsamen Bundes.

Dankbar lächelte er sie an.

»Aber, Manuel, Freunde haben keine Geheimnisse voreinander«, gab Suzanne zu bedenken, »jetzt darfst du uns doch erzählen, woher du das Köpfchen hast?«

Manuel packte die tote Schlange am Schwanzende, wirbelte sie um seinen Kopf und schleuderte sie so weit er konnte in die Büsche. Anscheinend wollte er Zeit gewinnen zum Überlegen. Aber dann hockte er sich neben die beiden Mädchen ins Gras und begann stockend zu erzählen. Es war wieder etwas mühsam für Suzanne, alles zu verstehen, was er sagte. Viele Wörter waren ihr unbekannt, immer wieder musste sie nachfragen und Manuel versuchte die unbekannten Wörter durch Zeichen oder Bewegungen verständlich zu machen. Dann erklärte Suzanne Isabelle, was sie erfahren hatte.

Es war, wie Ramón es schon vermutet hatte: Manuels Vater war schon vor Jahren bei der schweren Arbeit auf einer Sisalplantage tödlich verunglückt. Sein Onkel und zwei ältere Brüder gingen öfter nachts mit noch ein paar anderen Männern auf Gräbersuche. Nein, Manuel kannte die Stelle selbst nicht; die hielten sie vor einem Jungen in seinem Alter streng geheim. Sie gaben ihm nur einen Teil der ausgegrabenen Dinge, damit er sie an Touristen verkaufte.

»Und das machen die Tag für Tag, wollte sagen Nacht für Nacht?«, wunderte sich Suzanne.

»Nein, nur jetzt gehen sie fast jede Nacht weg, weil sie keine Arbeit haben. Wenn die Feldarbeit wieder beginnt oder wenn es in der Sisalfabrik wieder etwas zu tun gibt, sind sie viel zu müde um nachts zu graben.«

»Und deine Mutter erlaubt, dass du da mitmachst? Ich meine, weil es doch eigentlich nicht recht ist.«

»Wieso? Die Sachen aus den Gräbern gehören doch nicht Fremden, die hier Ausgrabungen machen, in einem Land, das schon immer unser Land war. Schließlich waren die Maya, die das alles hier einmal gebaut haben, unsere Vorfahren.« Manuels Stimme klang ein wenig stolz. »Und deshalb gehört alles, was einmal ihnen gehörte, jetzt uns.«

Na ja, das mochte schon stimmen, dachte Suzanne. Nur: Erwischen lassen durften die Schatzsucher sich dennoch nicht, denn die Archäologen aus Mexico City und die Polizei waren wohl etwas anderer Meinung.

Da schoss Isabelle plötzlich ein kühner Gedanke

durch den Kopf. »Du, Suzanne, wir könnten die Männer verfolgen, wenn sie zu ihren Gräbern gehen! Ich meine, wir müssten heimlich hinterherschleichen. Menschenskind, wie würde Ramón gucken, wenn wir ihn als Abschiedsgeschenk für die Reise zu einer noch unbekannten Ruinenstadt oder wenigstens einem Maya-Friedhof im Urwald führen würden!« Isabelles Augen glänzten vor Begeisterung.

Suzanne sprang auf. »Das wär irre! Aber ob Manuel mitmacht? Ohne ihn geht es ja nicht, wir würden uns hoffnungslos verirren. Außerdem kennen wir die Männer ja gar nicht. Aber wenn Manuel dabei wäre, könnte er ihnen im Notfall alles erklären – wenn sie uns erwischen würden, meine ich.«

Suzanne war Feuer und Flamme für Isabelles Idee. Doch als sie versuchte Manuel zu erklären, was sie vorhatten, schüttelte er ganz entsetzt den Kopf. Aber Suzanne gab nicht auf und redete so lange auf ihn ein, bis er schließlich, wenn auch widerwillig, einlenkte. Gut denn, wo sie doch jetzt Freunde seien und nur, weil sie ihn aus so großer Gefahr, einer wirklichen Lebensgefahr, gerettet hätten. Zögernd begann er einen Plan auszuhecken, wie sie am besten vorgehen sollten. Die Männer würden erst gegen 22 Uhr, wenn es pechschwarze Nacht geworden sei, aufbrechen. Für ihn wäre es kein Problem, nachts heimlich die Hütte zu verlassen, weil seine Mutter nach der mühseligen Tagesarbeit immer tief vor Erschöpfung schlafe. Ob aber Ramón auch so fest schlafen würde, dass er sie nicht erwischte, wenn sie versuchten sich aus dem Wohnmobil fortzustehlen?

Daran hatten sie in ihrer Abenteuerlust überhaupt

noch nicht gedacht! Enttäuscht blickte Isabelle Suzanne an.

»Schade, wäre eine tolle Sache gewesen.« Isabelle zuckte resignierend mit den Schultern. »Aber wenn Ramón was merkt – nee, da ist nichts zu machen.« Sie stand auf. »Kommt, Trübsalblasen gilt nicht. Manuel kann uns bestimmt auch sonst noch manches zeigen, nicht wahr? Frag ihn doch mal, wann und wo wir ihn wieder treffen können. Am besten gleich morgen!«

»Er kann uns ja in unserem Wohnmobil besuchen«, schlug Suzanne vor. Aber Manuel winkte verlegen ab. Vorerst wäre es ihm lieber, wenn sie sich wieder hier mit ihm träfen. Er sei meistens in ›seinem‹ Tempel oder doch nicht weit davon zu finden. Später vielleicht – ja, dann ginge er auch mal mit ihnen zu Ramón.

Bis es zu dämmern begann, strolchten die drei neuen Freunde noch gemeinsam auf dem weitläufigen Ruinengelände herum. Dann mussten die Mädchen zurück zum Wohnmobil.

Ramón hatte bereits den Campingtisch fürs Abendessen gedeckt. Er plagte sich gerade damit ab, eine Konservendose zu öffnen. Aber die war nicht der Grund für sein verärgertes Gesicht!

»Guten Abend.« Noch etwas außer Atem ließen sich die beiden Mädchen auf die Campingstühle fallen. »Irgendwelchen Ärger gehabt, Ramón?« Suzanne blickte ihren Onkel schräg von unten an, während er den Inhalt der endlich geöffneten Dose in eine Schüssel kippte.

»Kann man wohl sagen. Der Kleinbagger streikt! Ausgerechnet jetzt, wo alles so prima gelaufen ist mit unserer Arbeit und wir gerade größere Erdmassen bewegen müssen! Da können wir ausnahmsweise einmal den Bagger benutzen, weil keine Gefahr besteht Fundstücke zu beschädigen, und gerade dann ist mit einem Radlager irgendwas nicht in Ordnung! Allein kriegen wir das nicht wieder hin; wir haben schon alles versucht und eine Menge Zeit darüber verloren. José, der mit dem Ding noch am besten Bescheid weiß, hat schon das ganze Teil ausgebaut. Wir brauchen aber dringend Ersatzteile – und die sind hier nicht so leicht zu kriegen.«

»Und was macht ihr jetzt?«

»Na, mit Schaufeln und Eimern wie ehedem kommen wir nicht voran, wir brauchen den Bagger unbedingt. José muss hier bei seinen Leuten bleiben und darum muss ich nun schleunigst nach Merida, das ist die nächste größere Stadt, in der es ein Ersatzteillager gibt. Und ›nächste‹ bedeutet hierzulande mindestens einige hundert Kilometer.«

»Ach du Schreck. Wie lange musst du denn da fahren?«

»Mit unserem Wohnmobil würde ich viel zu viel Zeit verlieren. Zum Glück kommt aber morgen Nachmittag der Post-Hubschrauber, der muss mich mit nach Merida nehmen. Das ist sicher kein Problem. Nur könnt ihr mich leider nicht begleiten, weil in so einem Ding nicht genug Platz für uns alle ist. Außerdem kann ich auch erst am darauf folgenden Vormittag mit dem Überlandbus wieder zurück. Ich muss euch also eine Nacht allein hier lassen. Ist das sehr schlimm? José und die anderen werden bestimmt gut auf euch aufpassen.«

»Autsch, du ...!« Suzanne hatte Isabelle unter dem Tisch einen gezielten Tritt gegen das Schienbein versetzt und blinzelte ihr verstohlen zu. Das Unglück kam ihnen ja wie gerufen! Mit scheinheiliger Unschuldsmiene meinte sie: »Oh, Ramón, mach dir um uns keine Sorgen, wir kommen schon für ein paar Stunden allein zurecht. Warte mal, ich schreibe dir gerade noch ein paar Sachen auf einen Zettel. Wenn du uns die in der Stadt besorgen kannst, kochen wir zu deiner Heimkehr endlich mal was echt Französisches, so wie du dir's längst gewünscht hast, einverstanden?«

Ramón schien nichts bemerkt zu haben und wirkte sichtlich erleichtert. »Au fein, da habe ich doch was, worauf ich mich während der langweiligen Reise freuen kann; ich bin es ja gar nicht mehr gewohnt, allein unterwegs zu sein«, schmunzelte er.

»Wann bist du denn wieder zurück?«

»Wahrscheinlich erst am Nachmittag. Der klapprige alte Bus schafft's nicht schneller, zumal er ja fast an jeder Hütte unterwegs hält.« Ramón stand auf. »Seid ihr auch so müde? Ich muss ins Bett! Immerhin steht mir morgen ja so einiges bevor. Kommt, wir räumen schon mal zusammen.«

Als sie schließlich nebeneinander in ihrer ›Kajüte‹ lagen, schob Isabelle den Vorhang des schmalen Fensterchens noch einmal zur Seite. Der Mond war rund und voll aufgegangen. Wie ein riesenhafter Lampion schien er dem Tempel der großen Pyramide zu hängen und übergoss die Wipfel der hohen Urwaldbäume, ja die gesamte Ruinenstadt mit seinem silbrigen Licht. Die kommende Nacht würde er also wohl auch leuchten. Ob sie dann um diese Zeit bereits unterwegs waren mit ihrem neuen Freund Manuel – auf den heimlichen Schleichpfaden der Schatzgräber?

Auf nächtlichen Schleichwegen

Der Vormittag wollte und wollte nicht herumgehen. Manuel, den sie am Fuß der kleinen Pyramide sehnsüchtig erwarteten, kam erst ziemlich spät, weil er zu Hause irgendetwas helfen musste. Und dann dauerte es natürlich wieder eine Weile, bis ihm Suzanne erklärt hatte, wieso sie in dieser Nacht allein wären. Ob die Männer auch heute wieder zu den alten Gräbern gingen?

»Ja, heute bestimmt«, meinte Manuel. Seine Miene verriet deutlich, wie wenig er sich über diesen Umstand freute und was er von dem Plan der Mädchen hielt. Aber er hatte nun einmal sein Wort gegeben und so fuhr er fort: »Heute ist Vollmond und da gehen sie immer. Wir müssen an einer Stelle, an der sie ganz sicher vorbeikommen, auf sie warten, damit wir ihnen direkt folgen können; sonst verlieren wir sie im dichten Wald.«

Sie verabredeten noch, wann sie sich nachts wieder treffen wollten: genau an dieser Stelle, sobald es dunkel wäre, aber noch bevor der Mond aufging. So würden Ramóns Leute nicht bemerken, wie die beiden Mädchen sich heimlich aus dem Wagen schlichen.

Als der Hubschrauber nachmittags auf dem ebenen Platz vor dem ›Palast‹ landete, rannten Suzanne und Isabelle so rasch sie konnten zum Turm der Sternwarte. Von seiner Plattform aus winkten sie Ramón nach, bis sich das dröhnende Motorengeräusch in der Ferne verlor.

Wieder in ihrem Wohnmobil legten sie voller Ungeduld zurecht, was sie für ihr nächtliches Abenteuer brauchten: lange Jeans und langärmelige Jacken, damit ihnen Äste und Lianen nicht allzu sehr die Haut an Armen und Beinen zerschrammen konnten, und für alle Fälle die flache Taschenlampe – man konnte ja nie wissen.

Mit dem Abendessen hielten sie sich nicht lange auf. Nachdem sie noch José, Ramóns ›rechter Hand‹ bei den Ausgrabungen, eine gute Nacht gewünscht hatten, brauchten sie im Wagen nur noch bis zum Eintritt der Dunkelheit zu warten. Dann schlichen sie sich leise und heimlich zum vereinbarten Treffpunkt. Den Weg kannten sie nun schon so gut, dass sie ihn selbst mit geschlossenen Augen gefunden hätten. Manuel erwartete sie bereits.

»Schnell, wir müssen uns verstecken, kommt!« Leichtfüßig huschte er voran. Sie konnten eben noch seinen Umriss erkennen und blieben ihm dicht auf den Fersen. In Wirklichkeit dauerte es nur einige Minuten, aber es kam ihnen sehr viel länger vor, bis Manuel endlich stehen blieb und sie ein wenig verschnaufen konnten. Der Pfad war steinig gewesen und hatte sich mehrfach um Hügel und Ruinen herumgewunden, so dass sie zu guter Letzt völlig die Richtung verloren hatten. Aber ihr Führer kannte sich im Dunkeln nicht weniger gut aus als am hellen Tag. »Hier«, bedeutete er plötzlich und zog die beiden ein Stück tiefer in den Wald hinein, den sie auf ihren Umwegen schließlich erreicht hatten. »Unter dem Baum da verstecken wir uns, da müssen sie vorbeikommen.«

Es raschelte leise, als er ein paar Lianen zur Seite zog und sie alle drei dahinter huschten. Eng zusammengekauert drängten sie sich an die breiten Brettwurzeln der Urwaldriesen, von den Lianen, die tief bis zum Boden herniederhingen, wie hinter einem dichten Vorhang verborgen.

Jetzt erst, als sie ein wenig verschnauft hatten, merkten sie, dass der Wald voller Leben steckte. Irgendwo in der Ferne schienen sich Brüllaffen zu streiten, dazwischen erkannten sie wieder die Rufe und das Schnabelgeklapper der Tukane, das sich unter die verschiedenartigsten Stimmen unbekannter Nachtvögel mischte. Ganz aus der Nähe erscholl aus dem dichten Gezweig herab das ruhelose Gequake von Baumfröschen. Es quietschte, pfiff, flötete, klapperte und röhrte derart durcheinander, dass es Suzanne und Isabelle ein wenig gruselte. Doch es blieb ihnen nicht viel Zeit, furchtsamen Gedanken nachzuhängen.

»Ssst!« Manuel packte die beiden Mädchen mit hartem Griff am Arm. »Sie kommen«, flüsterte er erregt.

Tatsächlich! Die Männer schlichen auf dem schmalen, kaum zu erkennenden Pfad, den sie selbst in vielen Nächten ausgetreten hatten, im Gänsemarsch hintereinander her. Da der Mond immer noch nicht aufgegangen war, erschienen sie den drei Wartenden nur wie Schatten, die lautlos und gespenstisch vorüberhuschten. Suzanne, die am weitesten vorn kauerte, hatte Mühe festzustellen, wie viele es waren – sieben oder acht etwa.

Manuel erhob sich lautlos. »Los jetzt, fasst euch an der Hand«, flüsterte er, packte Isabelle, die direkt neben ihm gehockt hatte, an ihrer freien Hand und zog sie hinter sich her auf den Pfad. So konnten sie einander nicht verlieren. Der Indianerjunge bewegte sich mit einer Sicherheit durch die Finsternis, als wäre es nicht tiefdunkle Nacht, sondern allenfalls Abenddämmerung. Die Mädchen stolperten so gut es ging hinter ihm drein. Der Pfad schien ein paar weite Biegungen zu machen und hin und wieder ging es auch eine kurze Strecke bergauf und dann wieder in eine feuchte Senke hinab.

Plötzlich blieb Manuel stehen. Vor ihnen war ein Lichtschein aufgeblitzt. »Sie zünden ihre Lampen an«, flüsterte er Suzanne zu, »hier fühlen sie sich sicher, weil sie niemand mehr sehen kann vom Ausgrabungsplatz her. Kommt, ich suche ein Versteck, von wo aus wir sie beobachten können.«

Langsam konnten sie mehr und mehr von ihrer Umgebung erkennen: Der Mond war endlich aufgegangen und ließ es zwischen den hohen Stämmen und mächtigen Baumkronen geheimnisvoll aufleuchten. Unversehens schien der Wald wie verzaubert. Natürlich war es nicht richtig hell, aber immerhin herrschte jetzt eine Art Dämmerlicht, in dem man wenigstens die schattenhaften Umrisse von Bäumen, Wurzeln und Unebenheiten des Waldbodens erkennen konnte. Ja, es gab hier auffallende Unebenheiten, aber nachdem sich ihre Augen etwas an die Dämmerung gewöhnt hatten, stellten sie überrascht fest, dass es sich dabei um überwucherte Mauerreste handeln musste. Leise kletterten sie den steilen Hang einer Pyramide hinauf, die dicht von Lianen überwuchert war.

Irgendwo unter ihnen geisterten die Lichter der Grabräuber durch das Dickicht. Doch halt – Dickicht konnte es dort ja wohl kaum geben, sonst wären die Lampen überhaupt nicht zu sehen gewesen. Vermutlich gab es da so etwas wie eine Lichtung, übersät von Gemäuertrümmern und überwuchert von niederem Gestrüpp. Dort mussten die Schatzsucher ihre Maya-Grabstätten entdeckt haben.

Vorsichtig hangelten sie sich die andere Seite der Pyramide wieder hinab. Gut, dass sie noch ganz unter einer dicken Erdschicht verborgen war, so dass kein Stein abbröckeln und polternd hinabrollen konnte. Wenn sie sehen wollten, was die Männer trieben, mussten sie sich unbedingt noch näher heranpirschen. Manuel zog die Mädchen in einen flachen Graben hinter einer lang gestreckten Mauer, die den äußersten Rand der ›Lichtung‹ zu bilden schien. Ja, jetzt aus der Nähe und fast im vollen Mondlicht erkannten sie sogar die hellen, bröckligen Kalksteine, aus denen diese Mauer vor vielen Jahrhunderten errichtet worden war. Sie setzte sich oben in einer Plattform fort, auf der, unter Würgfeigen fast völlig verborgen, zerfallene Gebäudereste zu stehen schienen. Wahrscheinlich gehörte das alles zu so einem Palast wie dem an Ramóns Ausgrabungsstätte. Nur der Sternwartenturm fehlte.

»Gebt Acht, dass ihr nicht an lose Steine stoßt. Die Männer haben gute Ohren. Sie hören alles, und wenn sie uns erwischen, dann ...!« Manuel wagte nicht sich und den beiden auszumalen, was ihnen in diesem Fall blühen würde.

»Wollen wir nicht doch lieber hier bleiben?«, wisperte Suzanne, »ich habe Angst. Mensch, wenn die was merken!«

»Jetzt sind wir schon mal so weit, da will ich auch wissen, was hier gespielt wird.« Isabelle deutete auf die Ruinen. »Hier kann man sich doch prima anschleichen und überall verstecken. Da gibt's bestimmt wieder eine Menge von den komischen engen Zellen wie im Palast. Los, schauen wir mal nach.«

Auch Manuel schien begriffen zu haben, worum es bei der erregten Unterhaltung der beiden Mädchen im Flüsterton gegangen war. Er setzte sich wieder in Bewegung und so musste ihm Suzanne wohl oder übel folgen.

Wie huschende Schatten schlichen sie sich näher an die flackernden Lichter heran. Isabelle hatte ganz richtig vermutet: Ein günstigeres Gelände zum heimlichen Anschleichen konnte man schwerlich finden. Überall auf der weiten Plattform verstreut ragten zerfallene Gebäude in den jetzt vom Vollmond erhellten Nachthimmel. Die längst geborstenen Mauern und eingestürzten Tore, von Lianen wie von miteinander verschränkten langen, dürren Armen umfangen, wirkten gespenstisch. Was mochte sie dort drinnen erwarten? War in den vielen vergangenen Jahrhunderten überhaupt noch einmal ein Mensch in diesen uralten, vor weit über tausend Jahren verlassenen Gemächern gewesen? Aber in höchster Not, wenn sie tatsächlich von den Grabräubern entdeckt würden, blieb ihnen gar nichts anderes übrig als sich dort drinnen zu verstecken.

Bevor sie, hinter einem abbröckelnden Gemäuerrest verborgen, die Männer sehen konnten, hörten sie bereits deutlich die hellen Töne, die entstanden, wenn sie mit ihren Spitzhacken auf Steine trafen, das verräterische Knirschen von Schaufeln und manchmal auch eine raue Stimme. Vorsichtig schob Suzanne den Kopf etwas höher und lugte zwischen den Blättern einer Würgfeige hindurch. Ja, jetzt waren die Männer auch zu sehen. Nur knapp zehn oder fünfzehn Meter entfernt wuchteten die Schatzräuber gerade eine schwere Steinplatte in die Höhe. Es mochte der Eingang zu einem Grab sein – so ähnlich, wie sie das ja schon von Monte Albán her kannten. Die Laternen standen in Reichweite auf Steinen und beleuchteten mit ihren gelblichen Lichtkegeln die abenteuerliche Szene. Isabelle und Manuel drängten sich dicht neben Suzanne.

»Siehst du was?« Isabelle schob sich noch ein wenig weiter vor. »Ich glaube, einer steigt gerade in das Grab hinunter, da muss wohl eine Treppe sein, genau wie in Monte Albán. Der andere reicht ihm eine Lampe. Nicht für eine Million würde ich da jetzt hinunterklettern!«

Die Laterne verschwand in einer dunkel gähnenden Öffnung. Sie konnten nur noch ihren Widerschein auf den Gesichtern der Männer sehen, die

um die freigelegte Öffnung des Grabes knieten und nach unten starrten. Eine Weile geschah nichts, aber dann erschien plötzlich der Kopf des Mannes, der hinabgestiegen war, über dem Rand des Grabeingangs. Anscheinend reichte er den anderen irgendetwas, das unter beifälligem Gemurmel von Hand zu Hand ging. Der Letzte steckte den Gegenstand in einen Sack, den er über die Schulter geworfen und mit einem Strick an seinem Körper befestigt mit sich trug.

Jetzt kletterte ein Zweiter zu dem Ersten hinab. Was mochten sie dort unten entdeckt haben? Die heimlichen Lauscher vernahmen erstaunte Rufe – fast klangen sie wie ein verhaltenes Freudengeschrei. Suzanne stemmte sich in ihrer Erregung noch fester gegen das morsche Gemäuer. Von hinten drängten Isabelle und Manuel nach um besser und mehr sehen zu können – und da geschah es ...

Unter donnerndem Gepolter stürzte ein schwerer Steinbrocken, der sich unter Suzannes Körpergewicht gelockert hatte, von dem Gemäuer herab und rollte über den felsigen Boden, bis er schließlich gegen andere Steine schlug und liegen blieb. Jählings verstummten die heiseren Stimmen der Schatzsucher. Die drei Lauscher hielten vor Schreck den Atem an. Dann sahen sie voller Entsetzen, wie einer der Männer aufsprang und seinen Arm in Richtung auf ihr Versteck ausstreckte. Mit einer Stimme, die sich vor Wut überschlug, schrie er den anderen irgendetwas zu. Die packten ihre Werkzeuge und kamen, Hacken und Schaufeln wie Waffen über ihre Köpfe erhoben, geradewegs auf sie zugestürzt.

»Manuel – um Himmels willen!« Suzanne hatte vor Schreck alle Vorsicht vergessen und laut aufgeschrien, aber das spielte jetzt keine Rolle mehr: Sie waren entdeckt.

In der Falle

Mit heftig jagendem Puls sprangen sie auf, packten sich an den Händen und hasteten davon. Sie schrammten sich ihre Beine an Mauerkanten, stießen sich die Füße an herumliegenden Steinbrocken wund und zerkratzten sich an dornigen Zweigen Hände und Gesicht, aber von alledem spürten sie nichts. Das schiere Entsetzen trieb sie stolpernd und keuchend vor Anstrengung vorwärts, bis Manuel sie in eine dunkle Mauernische zerrte. Oder war es ein altes Tor? Erschöpft hechelnd ließen sie sich auf den harten Boden fallen. Wenn die aufgebrachten Männer sie hier entdeckten, gab es kein Entkommen. Aber sie waren am Ende ihrer Kräfte. Isabelle presste sich vor Angst so an den Steinboden, als könnte sie in ihn hineinkriechen. Es musste wahrhaftig eine der von ihnen hier vermuteten Zellen sein, in die sie geflohen waren. In dem Viereck des Eingangs, das wie ein dunkler Rahmen ein kleines Stück monderhellten Nachthimmel einschloss, sahen sie Gestalten vorüberhuschen. Suzanne befürchtete, die Männer könnten hören, wie stark ihr Herz gegen die Rippen pochte. Die Männer gaben keinen Laut von sich um jedes verdächtige Geräusch sofort hören zu können. Nur ein loser Stein kollerte über den Boden, ein paar Zweige raschelten und verrieten den atemlos Lauschenden, dass ihre Verfolger anscheinend das Versteck nicht bemerkt hatten und weitersuchten.

Manuel stieß Suzanne in die Seite. »Wir sitzen in der Falle. Wir müssen weg, nur schnell fort von hier«, flüsterte er heiser. »Fasst euch an der Hand, ich suche nach einem anderen Ausgang. Hoffentlich gibt es einen, sonst müssen wir hier bleiben, bis es hell wird und die Männer fort sind.«

Sie rappelten sich auf und folgten Manuel zögernd, der mit seiner freien Hand vor sich den Boden abtastete. Sie durften jetzt um Himmels willen keine Geräusche verursachen. Zwar lärmten von fern immer noch Tierstimmen durch die Nacht, aber ihre Verfolger würden jeden fremden, ungewohnten Ton sofort heraushören. Lieber nicht daran denken, was sie dann erwartete!

Wieder erschraken sie durch die von draußen hereindringenden rauen Rufe der Grabräuber. Anscheinend hatten sie sich geteilt und leuchteten mit ihren Laternen alle Winkel aus.

Nein, es gab für die drei Freunde keinen Weg zurück.

Ihre Augen schienen sich allmählich an die Finsternis zu gewöhnen. In der rückwärtigen Wand entdeckte Manuel eine enge Öffnung, ein schmales Loch zwischen den fest gefügten Mauersteinen. Ob das der rettende Ausgang für sie war? Manuel gab sich alle Mühe, sich hindurchzuzwängen. Aber selbst für seine schmächtigen Schultern war die Mauerspalte nicht breit genug. Verzweifelt rüttelte er mit beiden Händen an einem herausragenden Steinquader.

»Er bewegt sich«, raunte er Suzanne zu. »Pack mit an!« So fest sie konnten, zerrten und stießen sie den Stein zur Seite, bis er endlich, endlich auf den Boden hinunterpolterte. Es hallte in dem engen, aber hohen Raum unter der steil gewölbten Decke wie ein Kanonenschuss – wenigstens kam es den Dreien so laut vor. Erschrocken hielten sie inne. Ob die draußen etwas gehört hatten? Es war auf einmal wieder so verdächtig still.

»Los, durch das Loch, schnell, schnell«, trieb Manuel die Mädchen an und schlüpfte voran in die ungewisse Finsternis. Doch die Öffnung war immer noch zu eng. Isabelle zwängte sich mit Mühe eben noch hindurch, aber Suzanne hatte etwas breitere Schultern. Das Stimmengewirr vor ihrem Versteck war plötzlich wieder aufgelebt und schien näher zu kommen. Manuel packte Suzanne durch das Loch hindurch unter den Achseln und zog keuchend mit ganzer Kraft. Sie stieß mit den Füßen nach, aber es ging nicht. Verzweifelt flehte sie: »Lasst mich hier nicht stecken, tut doch was, schnell, schnell, die kommen immer näher!«

Manuel stemmte beide Füße gegen einige herausragende Steine am Rand der Öffnung, während er sich weiter abmühte Suzanne auf ihre Seite hinüberzuzerren.

»Achtung!«, schrie er ohne Rücksicht auf die Verfolger. Noch ein Stein hatte sich gelöst. Zerschrammt und mit zerrissener Jacke plumpste Suzanne in einer Wolke von Steinstaub durch die endlich genügend erweiterte Öffnung direkt auf Manuel und Isabelle. »Los, weiter!«, drängte sie. Manuel hörte, wie es über ihnen zu knistern und zu prasseln begann. Jenseits des Mauerlochs tauchte das Licht einer Laterne aus dem Dunkel auf.

Der Junge riss die beiden Mädchen mit sich hoch und stieß sie vor sich her. Anscheinend konnte er immer noch etwas erkennen. Es schien ein schmaler, niedriger Gang zu sein, in dem sie sich, so rasch es eben ging, vorantasteten.

Es war keine Sekunde zu früh gewesen. Hinter ihnen stürzte unter ohrenbetäubendem Krachen das Gewölbe tosend zusammen. Das Laternenlicht erlosch ebenso plötzlich, wie es aufgetaucht war. Über dem engen Zugang zu ihrem Fluchtweg häuften sich zentnerschwere Steinblöcke. Nein, die ließen keinen Verfolger mehr hindurch – aber sie selbst saßen in der Falle.

Und in dieser Falle herrschte nun, da von außen nicht der geringste Lichtschimmer mehr eindrang, eine wahre Stockfinsternis. Suzanne tastete in den Taschen ihrer Jeans nach der flachen Taschenlampe. Gott sei Dank: Sie hatte sie bei dem mühsamen Hindurchzwängen durch die Maueröffnung nicht verloren. Überhaupt nicht auszudenken, wie sie es in dieser Grabesdunkelheit ohne die kleine Lampe ausgehalten hätten.

Ja, es war tatsächlich ein Gang, den der schmale Lichtkegel jetzt spärlich erhellte, aus großen Quadern lückenlos gefügt. Er führte eine ganze Weile geradeaus, bog aber dann, als sie schon glaubten, am Ende angekommen zu sein, unvermutet scharf nach links ab. Wieder ging es geradeaus und nirgendwo zweigte ein Seitengang ab. Suzanne, die mit der Lampe in der Hand vorangegangen war, blieb auf einmal stehen und drehte sich zu den beiden anderen um.

»Was machen wir nur, wenn wir keinen Ausgang ins Freie finden?«

Isabelle schaute sie entsetzt an. »Aber irgendwo muss der Gang doch ein Ende haben.«

»Ja, ein Ende schon. Fragt sich nur, was für eines. Wenn nämlich dort auch die Decke eingestürzt ist, dann ...« Suzanne sprach nicht weiter. Ihre Kehle schien plötzlich wie ausgedörrt. Nein, an so etwas durften sie überhaupt nicht denken. Hier drinnen würde sie kein Mensch vermuten und suchen. Nach Jahrzehnten vielleicht würden Archäologen, die inzwischen damit begonnen hätten, auch dieses alte Ruinenfeld auszugraben, einen verschollenen unterirdischen Gang entdecken und drei Skelette darin – daneben eine längst verrostete Taschenlampe. Sie schüttelte sich.

»Ach was«, meinte sie laut. »Los, weiter, wir sind, scheint's, noch lange nicht am Ende«, versuchte sie Isabelle und Manuel aufzumuntern. »Kommt, wir müssen sehen, wie wir hier wieder rausfinden. Zurück geht's nicht – also dann: vorwärts!«

Sie tappten hinter ihr her. Isabelle war es, als schnürte ihr ein eiserner Ring den Brustkorb zusammen. Es war nichts als die pure Angst, irgendwo an ein verschüttetes Ende des Ganges zu gelangen und nie mehr hier herauszukommen aus diesen Irrgängen einer verwunschenen Totenstadt.

Suzanne blieb wieder stehen. »Eine Treppe«, erklärte sie über ihre Schulter zurück. »Hier fängt eine

Treppe an.« Auch die Treppe erschien ihnen endlos, und steil war sie ohnehin, ganz abgesehen von der Höhe der einzelnen Stufen. Die Decke des Ganges war jetzt entsprechend schräg, so dass sie das Gefühl hatten, auf der Innenseite einer Pyramidenwand hochzuklettern.

Doch dann erfasste der Lichtkegel ihrer Taschenlampe eine breite Plattform – das Ende der Treppe. Endlich. Suzanne atmete hörbar auf. Nun konnten sie wenigstens wieder nebeneinander stehen. Verblüfft schauten sie sich um, als Suzanne nach und nach alle Wände sorgfältig ableuchtete. Was war das für ein merkwürdiges Gangende – oder ging es doch noch irgendwo weiter?

»Du!« Isabelle hätte am liebsten einen Luftsprung gemacht. »Eine Tür, nein, ein richtiges, großes Tor!«

Es war kein Irrtum: An der gegenüberliegenden Seite der Plattform gähnte ihnen eine mächtige quadratische Öffnung entgegen, die an die Tempeleingänge erinnerte, wie sie in Monte Albán ja mehr als nur einen gesehen hatten. Scheu gingen sie auf das geheimnisvolle Tor zu. Suzanne lenkte den Lichtkegel der Taschenlampe in den Raum hinter dem Eingang. Ihr Aufschrei zerriss schrill die bange Stille. Isabelle schienen sich die Haare auf dem Kopf zu sträuben, aber sie war vor Schreck unfähig auch nur einen einzigen Ton hervorzubringen. Selbst Manuels Augen hatten sich entsetzt geweitet.

»Jaguar«, flüsterte er tonlos, »der Jaguar.« Mit zitternder Hand deutete er auf ein zähnebleckendes Ungetüm, das sprungbereit keine fünf Meter weit vor ihnen stand.

Ja, es war tatsächlich ein Jaguar, die reißende Bestie, die von den Bewohnern dieser uralten, längst verlassenen Stadt einst als Gottheit verehrt worden war – aber gottlob nur aus Stein. Nein, der konnte ihnen nicht mehr gefährlich werden. Was war ein toter steinerner Götze im Vergleich zu den wutentbrannten Grabräubern, die irgendwo dort draußen immer noch nach ihnen suchten?

Langsam siegte die Neugier über den Schrecken, der ihnen noch in allen Gliedern saß. Die im unsicheren Licht der Taschenlampe grün aufblitzenden Augen der großen Raubkatze waren aus Jade, einem Halbedelstein, von dem ihnen Ramón schon in Monte Albán gesagt hatte, er sei von den alten Mayas höher bewertet worden als Gold. Auch die runden Flecken des leopardenartigen ›Fells‹ bestanden aus geschliffenen Jadestücken. Ansonsten war die Figur ganz aus einem rötlichen Stein gemeißelt – mit Ausnahme der elfenbeinfarbenen, eingesetzten Zähne.

Isabelle drehte sich mit einem Ruck zu ihren beiden Gefährten um.

»Menschenskinder, wisst ihr, wo wir hier sind? Auf der Spitze einer Pyramide und mitten in dem Tempel, der oben auf der Plattform steht.«

»Du spinnst wohl.« Suzanne tippte sich unmissverständlich an die Stirn. »Guck doch mal über dich – nichts als Steine. Hast du schon mal gehört, dass ein ganzer Tempel unter ein Riesendach aus Steinen gebaut wird?«

»Nein, aber dass eine zweite Pyramide einfach auf eine kleinere draufgesetzt wurde um dadurch eine noch höhere Plattform für den Tempel zu bekommen – das hat uns doch Ramón schon in Monte Albán erklärt.«

Jetzt begriff auch Suzanne: »Stimmt! Mensch, das ist vielleicht ein Ding! Die Maya haben einfach ihren alten Tempel auf seiner Plattform stehen gelassen und eine neue Pyramide darüber gebaut. Offensichtlich haben sie einen Gang und eine Treppe zwischen den beiden Pyramiden gelassen, damit sie auch ihren Jaguar-Gott im alten Tempel besuchen konnten. Und wir haben ihn wiederentdeckt – nach über dreizehnhundert Jahren.«

»Phantastisch! Ramón schnappt über, wenn wir ihm das erzählen.« Erschrocken blickte ihr Suzanne in die Augen. O Gott! Vor lauter Begeisterung über ihre Entdeckung hatte ja keiner mehr an die Gefahr gedacht, der sie gerade mit knapper Not entronnen waren und die dort draußen immer noch auf sie lauerte. Wieder kam dieses scheußliche Gefühl in der Brust. ›Jetzt bloß nicht losheulen‹, dachte Isabelle, ›alles, nur das nicht.‹ Den beiden anderen war bestimmt genauso elend zumute, aber hinhocken und heulen, das half jetzt am wenigsten weiter. Sie strich sich energisch die Haare aus der Stirn.

»Suchen wir endlich weiter. So ein Tempel hat doch nicht nur einen einzigen Zugang gehabt; und der, durch den wir gekommen sind, muss ja ursprünglich sogar einmal zugemauert worden sein. Irgendwo muss es also einen Haupteingang geben.«

Sie brauchten nicht lange zu suchen. Von der anderen Seite, einer Schmalseite der Tempelplattform, führte eine ebenso steile und hochstufige Treppe wieder abwärts. Der Eindruck, unter der Innenseite einer schräg geneigten Pyramidenwand zu klettern, war also richtig gewesen. Sie stiegen jetzt wahrscheinlich sogar eine der vier üblichen Treppen der inneren, älteren Pyramide hinab, unter der Seitenwand der darüber gestülpten jüngeren äußeren Pyramide – der Decke ihres verborgenen Ganges. Der verlief vom Fuß der kleineren Pyramide an wieder ebenerdig. Doch sollte er sie diesmal nicht mehr so weit führen wie der zuerst entdeckte.

Sie ahnten schon nichts Gutes, als auf einmal überall auf dem Boden verstreut Steine umherlagen. Aber dann, als sie wieder um eine Ecke bogen, stockte ihnen fast das Herz. Der Gang war plötzlich zu Ende. Er erweiterte sich unversehens zu einem größeren Raum, größer jedenfalls als die Zelle, hinter deren Rückwand er am anderen Ende begonnen hatte – und er hatte keinen Ausgang. Zwar konnten sie im Schein ihrer Taschenlampe deutlich erkennen, dass in der einen Wand irgendwann einmal eine Tür gewesen sein musste. Aber die war anscheinend später zugemauert worden. Der Boden war mit Steinschutt bedeckt. Dazwischen lagen, offenbar vom Gewölbe herabgestürzt, einige große, behauene Quader. Doch nirgendwo war ein Fluchtweg zu finden.

Suzanne ließ sich erschöpft auf einen der Gewölbequader fallen. Verzweifelt sah sie zu Isabelle auf. »Auch hier haben sie den Weg zum alten Tempel verschlossen und zugemauert.« Ihre Stimme klang seltsam brüchig. »Irgendwann müssen die alten Maya beschlossen haben ihren Jaguar-Gott nicht mehr durch Besucher in seinem Tempel stören zu lassen –

oder was auch immer sie für einen Grund gehabt haben mögen, den Gang zuzumauern. Ist auch egal, jetzt ist's jedenfalls aus mit uns. Ich kann nicht mehr.«

Isabelle fühlte die Erschöpfung dieses langen Tages mit all seinen Aufregungen, Abenteuern und Ängsten nicht weniger. Ihre Beine begannen zu schlottern. Schnell setzte sie sich neben Suzanne, damit diese und Manuel es nicht merkten. Vor Verzweiflung und Müdigkeit kamen ihr nun aber doch die Tränen, so viel Mühe sie sich auch gab das Weinen zu verhindern. Suzanne legte ihr den Arm um die Schulter und drückte sie tröstend an sich. Manuel versuchte den beiden Mut zu machen. Er bat Suzanne um die Taschenlampe und leuchtete noch einmal alle Ecken und Winkel aus. Es waren zwar überall Steine von der Decke und den Wänden abgebröckelt, aber so genau er auch suchte, konnte er dennoch nirgendwo eine Öffnung ins Freie oder einen weiterführenden Gang finden. Hier und da hatten die Wände sogar Risse, aber jeder endete in undurchdringlicher Finsternis. Erschöpft kauerte sich der Indianerjunge schließlich mutlos neben die Mädchen. Wie beieinander Schutz suchend, drängten sie sich in einer Ecke des Raums zusammen. Es war nur gut, dass ihnen allen dreien jetzt, da sie sich endlich einmal etwas ausruhen konnten, ermattet die Augen zufielen.

In ihrer Gruft aus dicken Steinwänden konnten sie die aufgeregten Stimmen der immer noch suchenden Männer nicht hören. Erst als der Mond allmählich verblasste, gaben die Grabräuber es endlich auf, die

Ruinen und den Wald, der diese von allen Seiten um-
schloss, weiter zu durchkämmen. Sie mussten zu
Hause sein, bevor es dämmerte, damit niemand etwas
von ihrem verbotenen nächtlichen Tun und Treiben
merkte.

Das Geheimnis der Urwaldpyramide

Ramón kletterte durchgerüttelt und steif vom stundenlangen Sitzen aus dem klapprigen Überlandbus. Sein zerknittertes Hemd klebte ihm wie ein nasser Lappen am Leib. Nach der endlosen Fahrt war kein trockener Faden mehr an ihm. ›Von wegen klimatisierter Bus‹, dachte er grimmig. Die ›Klimaanlage‹ hatte lediglich aus den offen stehenden Fenstern bestanden und die Fahrtluft, die durch sie hereinströmte, hatte regelrechte Backofentemperatur gehabt. Ramón strich sich die verklebten Haare aus der Stirn, hängte den Tragriemen seiner Reisetasche über die linke Schulter und stapfte los. Vom Dorfplatz aus hatte er noch eine gute Viertelstunde zu marschieren bis zur Ausgrabungsstätte. Ein Glück, dass das Ersatzteil für den Bagger nicht schwer war und er es mühelos in seine Umhängetasche stopfen konnte. ›Kleine Ursachen – große Wirkungen‹, dachte er und warf einen prüfenden Blick auf seine Armbanduhr. ›Eigentlich müsste ich gerade noch pünktlich zum gemeinsamen Mittagessen kommen.‹ Hoffentlich reichte es vorher noch zum Duschen.

Am Wohnmobil traf er niemanden an. Aufatmend hievte er seine Tasche ins Wageninnere und dann dauerte es keine zwei Minuten, bis er im großen gemeinsamen Waschraum unter einer zischenden Dusche stand. Zwar war das Wasser alles andere als kalt, aber er fühlte sich danach wie neu geboren.

Seine Leute saßen bereits an dem langen Tisch unter dem Sonnendach. »Hallo, da habt ihr mich wieder«, rief er Suzanne und Isabelle munter zu, bevor er sich rasch zwischen sie setzte. »Na, wie ging's denn ohne den alten Ramón?«

Er stutzte, als er ihnen abwechselnd ins Gesicht sah. »Sagt mal, wie seht ihr denn aus?«

»Wie denn? Was meinst du damit?« fragte Suzanne betont munter. Ramón legte seine Gabel wieder auf den Tisch und richtete sich auf. »Ist was mit euch? Ich seh's euch doch an, dass irgendwas nicht stimmt. Ihr habt ganz dunkle Ringe unter den Augen. Isabelle, du bist ja ganz blass. Eure Gesichter sind ganz zerkratzt!«

Isabelle schluckte. »Ich, wir, also ...«, stotterte sie.

Suzanne kam ihr zu Hilfe. »Es ist uns nichts passiert, Ehrenwort. Wir müssen dir aber unbedingt was erzählen, nur nicht hier, verstehst du? Geht's nicht nach dem Essen, wenn wir allein sind?«

Ramón blickte sie prüfend mit gerunzelten Augenbrauen an. »Na gut, essen wir erst mal – gesund scheint ihr ja zu sein und das ist im Augenblick wohl das Wichtigste.«

Er war nicht wenig verblüfft, als ihm die beiden anschließend auf ihrem Siestaplatz hinter dem Wohnmobil abwechselnd, mal stotternd und dann wieder mit sich fast überschlagender Stimme ihr Abenteuer erzählten – mit allen Einzelheiten und von Anfang an. Sie ließen keine Kleinigkeit aus; es war so etwas wie eine große, reumütige Beichte.

Eine aufregende Beichte – besonders für Ramón. Als die beiden ihre ausweglos erscheinende Lage in der Steinkammer schilderten, klopfte ihm das Herz bis zum Hals, obwohl sie doch lebendig und unverletzt vor ihm hockten.

»Ja, aber wie um Himmels willen habt ihr dann doch noch herausgefunden?«

»Manuel hat den Ausgang entdeckt. Er war als Erster wach. Da hat er noch einmal zu suchen begonnen. Der hat doch Augen wie eine Katze, ach was, wie ein Luchs. Du, Ramón«, Suzanne richtete sich auf, »den Augenblick vergess ich mein ganzes Leben nicht. Manuel hat mich bei den Schultern gepackt und so geschüttelt, dass ich mit dem Kopf gegen die Steine geschlagen bin. Ich war natürlich sofort hellwach. Er hat mich vor eine der Spalten in der Mauer gezerrt, die wir ja schon längst untersucht hatten, aber da war es draußen noch dunkel gewesen und niemand hatte irgendetwas erkennen können. Jetzt schien die Sonne und da hat Manuel gemerkt, dass dieser große Spalt durch die ganze Mauer ging. Das Licht, das hereinfiel, war ganz grün, weil draußen Würgfeigen wie ein Vorhang den Spalt verdeckten. Isabelle ist natürlich von unserem Lärm wach geworden und dann haben wir sofort angefangen Steine zu lockern. Außer den kleinen Brocken, die herumlagen und die wir als Hammer benutzt haben, blieben uns ja nur unsere Hände als Werkzeug! So wie da habe ich in meinem ganzen Leben noch nicht geschuftet! Stein für Stein mussten wir einzeln herausbrechen, bis der Spalt endlich breit genug war, dass wir uns mit Mühe und Not gerade hindurchzwängen konnten. Draußen haben wir zuerst überhaupt nichts gesehen, so blendete das grelle Sonnenlicht. Aber den Spalt findet niemand, der nicht genau weiß, wo er suchen muss. Alles ist über und über mit Würgfeigen überwuchert. Überhaupt liegt die neue Pyramide im dichten Wald; nur die Plattform, von der wir die Männer beobachtet haben, muss irgendwann einmal von ihnen freigemacht worden sein. Jedenfalls haben wir uns alles genau eingeprägt. Wir finden die Stelle todsicher wieder. Der andere Eingang ist ja durch den Deckensturz verschüttet und man kann jetzt nur noch durch den engen Spalt zu deinem Geschenk.«

Ramón blickte erstaunt auf. »Ein Geschenk – für mich? Von wegen! Was glaubt ihr, hätten eure Eltern wohl mit mir gemacht, wenn euch etwas passiert wäre? Habt ihr euch eigentlich schon Gedanken darüber gemacht, was geschehen wäre, wenn die Öffnung eures Fluchtganges nicht zusammengestürzt wäre und den Verfolgern den Weg versperrt hätte?«

Suzanne schüttelte sich, als fröstelte sie trotz der Hitze. »Aber wirklich, ich meine doch ganz im Ernst: ein Geschenk. Ein neues Ausgrabungsfeld, von dem ihr noch nichts gewusst habt. Und das Wichtigste: der Tempel, der unter der jüngeren Pyramide verborgen ist, mit seinem Jaguar-Gott! Schließlich haben wir doch den Zugang entdeckt.«

Ramón richtete sich ruckartig auf. »Donnerwetter, ja. Daran habe ich jetzt vor lauter Sorge um euch noch gar nicht gedacht. Da könnt ihr mal sehen, wie mich die nachträgliche Angst von allem anderen ablenkt. Wisst ihr was? Am liebsten ginge ich sofort mit euch wieder dorthin. So sehr weit kann es ja nicht sein von hier aus – ich schätze zwei, höchstens drei Kilometer nach eurem Bericht. Aber«, er schüttelte den Kopf, »nein, das ist Unsinn, ihr seid viel zu erschöpft und ich selbst fühle mich nach der langen Busfahrt auch nicht gerade fit. Da müssen wir uns wohl eben bis morgen gedulden. Außerdem hättet ihr jetzt erst einmal eine gepfefferte Strafpredigt verdient trotz eures ›Geschenks‹. Seid froh, dass ich so hundemüde bin.«

Er schien einen Moment lang zu überlegen. »Es gibt übrigens noch einen Grund, erst einmal alles richtig zu überschlafen. Wir dürfen euren Freund Manuel nicht in Gefahr bringen, indem wir den Verdacht der Männer auf ihn lenken. Ich muss mir da irgendeinen Ausweg einfallen lassen. Am besten wär's«, er kratzte sich nachdenklich am Kinn, »wir könnten uns diese Burschen, die sich dort so gut auskennen, sogar zu Nutze machen.«

›Oha‹, dachten die beiden später. Ramóns Einfall war wirklich genial. Dem alten Sprichwort getreu, wollte er einfach ›den Bock zum Gärtner machen‹. Das bedeutete in diesem Fall nichts anderes als: Die Grabräuber sollten als Arbeiter bei den Ausgrabungen im neu entdeckten Ruinenfeld fest angestellt werden. Dann hatten sie nicht nur endlich eine geregelte Arbeit bei gutem Lohn, sondern waren abends auch viel zu müde um weiterhin auf Gräbersuche zu gehen. Aber wie wollte man die Männer dazu bringen?

»Wir können ja nicht einfach hingehen und sagen: ›Guten Tag, wir sind die Störenfriede von letzter Nacht. Wie wär's, wenn ihr von jetzt an ein ehrliches Leben führen und bei unserem Onkel arbeiten würdet?‹«, grübelte Suzanne.

Jetzt musste – endlich – auch Ramón lachen. »Würde ich euch allerdings auch nicht empfehlen. Aber euer Manuel braucht ihnen doch nur zu sagen, dass er das von euch weiß – und das entspricht ja schließlich voll der Wahrheit. Wir werden eben bei der Einstellung der Männer erklären, dass wir ganz unerwartet – und auch das stimmt ja, denn ihr beide gehört ja zu mir – ein neues Ruinenfeld im Urwald entdeckt hätten. Selbstverständlich fällt kein einziges Wort über Grabräuberei.«

»Wunderbar!«, strahlte Suzanne. »Das werden wir Manuel gleich heute Nachmittag erzählen!«

»Heute Nachmittag?«, fragte Ramón erstaunt.

»Ja, wir haben ausgemacht, dass wir uns mit ihm treffen. Schließlich war er es, der den Spalt entdeckt hat und wer weiß, vielleicht säßen wir ohne ihn noch immer in dieser Gruft.«

»Aber ohne ihn wärt ihr auch nie dort hineingeraten!«, stellte Ramón nüchtern fest. »Trotzdem: Er hat eine Belohnung verdient und eure Nachrichten werden ihn sicher sehr freuen. Also geht nur!«

Mit großen Augen lauschte Manuel einige Stunden später Suzanne, die ihm Ramóns Plan, stockend und nach passenden spanischen Worten suchend, auseinandersetzte.

»Oh, das ist ..., du, das ist, das ist einfach wunderbar.« Er sprang auf vor Freude. »Dann haben meine großen Brüder endlich wieder Arbeit und brauchen nicht mehr nachts nach Gräbern zu suchen – und Onkel Juan und die anderen auch nicht. Ja, und meine Mutter braucht auch nicht mehr immer Angst zu haben, dass sie erwischt und eingesperrt werden. Und ich brauche auch nicht mehr die Fremden anzubetteln, dass sie mir die Figürchen abkaufen. Vielleicht kann ich sogar wieder in die Schule gehen.«

Isabelle und Suzanne guckten sich entgeistert an. »Du freust dich auf die Schule?« Suzanne schüttelte verblüfft den Kopf. »Gibt's so was auch?«

Jetzt war es an Manuel zu staunen. »Aber ich will doch endlich richtig schreiben und lesen lernen; ich kann euch ja sonst nicht einmal einen Brief schicken, wenn ihr erst wieder zu Hause seid. Und wenn ihr mir schreibt, muss ich sonst erst zum Pfarrer gehen, damit der ihn mir vorliest!«

»Du kannst nicht lesen und schreiben?«, fragte Suzanne überrascht.

Aber Manuel war viel zu unruhig um ihr darauf länger zu antworten. »Ich muss jetzt erst einmal heim und den anderen erzählen, was passiert ist. Mutter wird ja so froh sein. Ich kann doch jetzt auch zu euch an euer Auto kommen, nicht wahr? Morgen früh, ja?« Flink wie ein Wiesel jagte er auf bloßen Füßen den Hang hinab.

Sie setzten sich am folgenden Morgen gerade zum Frühstück, als Manuel über die Ausgrabungsstätte gelaufen kam. Scheu begrüßte er Ramón, der ihn freundlich einlud kräftig mitzuhalten. So etwas ließ sich der Junge nicht zweimal sagen.

»Langt nur kräftig zu, wir haben heute noch allerhand vor«, munterte Ramón die drei auf. »Iss erst mal, Manuel, du kannst uns ja unterwegs erzählen, was du erreicht hast und was es Neues gibt.« Er hatte freilich an den leuchtenden Augen des Jungen schon gemerkt, dass anscheinend alles nach seinen Plänen gelaufen war.

Als sie wenig später, mit Karte, Kompass und Taschenlampen versehen, zum Aufbruch bereit waren, konnte Manuel sich nicht mehr länger zurückhalten. Es sprudelte nur so aus ihm heraus, so dass Ramón, der diesmal den Dolmetscher machte, kaum nachkam mit dem Übersetzen: Sein Onkel und seine älteren Brüder seien zuerst sehr niedergeschlagen gewesen, weil ihr Ruinenfeld von Fremden entdeckt und sie bei ihrer Arbeit gestört worden wären. Sie wussten nur zu gut, dass diese Entdeckung das Ende ihrer nächtlichen Raubzüge bedeutete. Außerdem hatten sie natürlich eine Heidenangst, dass sie jemand bei der Polizei anzeigen würde. Aber dann hätte Manuel ihnen erzählt, dass Ramón und seine Leute neue Mitarbeiter suchten. Das versprach Arbeit, gut bezahlte noch dazu! Manuel sollte sofort fragen, wann sie anfangen könnten.

»Morgen«, erklärte Ramón, »heute wollen wir uns eure Entdeckung erst mal ungestört und in aller Ruhe ansehen. José wird uns begleiten. Er müsste jeden Augenblick hier sein.«

Mit Manuel als Führer fand die kleine Expedition auf dem versteckten Trampelpfad nach kaum mehr als einer halben Stunde Fußmarsch zurück zum Schauplatz des nächtlichen Geschehens. Ramón war hin und wieder kurz stehen geblieben und hatte, nach einem forschenden Blick auf seinen Kompass, den Weg in die recht ungenaue Karte eingezeichnet.

»Jetzt ist mir auch klar, wieso wir bei unserer Suche

mit dem Hubschrauber hier nichts Auffälliges entdeckt haben«, meinte er, als sie endlich das Ruinenfeld überblicken konnten. »Erstens liegt das hier alles viel zu nah bei unserer alten Ausgrabungsstätte. Da sind die paar erkennbaren Mauerreste uns nicht weiter aufgefallen, sie hätten ebenso gut noch zu den übrigen gehören können. Und zweitens ist die große Pyramide so von Bäumen und Gebüsch überwuchert, dass man sie selbst von oben mit dem Hubschrauber kaum ausmachen kann. Ohne euch hätten wir sie vielleicht niemals gefunden. Das entschuldigt euren lebensgefährlichen Alleingang allerdings noch lange nicht!« Er blickte die drei Kinder ernst an, die betroffen zu Boden schauten.

Inzwischen waren sie kurz vorm Ziel. Doch als sie die Zelle suchten, in der sie sich vor ihren wütenden Verfolgern versteckt hatten und von der aus auch der Gang zur ›kleinen Pyramide‹ führte, mussten sie feststellen, dass in der Schreckensnacht nicht nur der Zugang, sondern der ganze Raum zusammengestürzt war. So viele Steine konnten sie im Augenblick beim besten Willen nicht beiseite räumen. Sie mussten also den umgekehrten Weg gehen. Manuel fand mit der Sicherheit eines Waldtieres ihren ›Ausgang‹ wieder. José schlug mit seiner Spitzhacke, die er vorsorglich mitgenommen hatte, ein paar aus dem geborstenen Mauerwerk hervorragende Steine ab. Dadurch wurde der Mauerspalt breit genug um auch die beiden Männer hindurchzulassen. Suzanne, Isabelle und Manuel, jeder mit einer Taschenlampe versehen, hasteten voran und konnten es in ihrer Aufregung kaum erwarten, bis Ramón endlich vor dem Jaguar-Gott stand.

Er betastete die steinerne Figur mit ihren grün funkelnden Jadeaugen fast ehrfürchtig. »Ich glaube, wir haben es hier nicht nur mit einem Götzenbild zu tun«, sagte er nachdenklich, »sondern zugleich auch mit einer Art Thron. Der Jaguar mitten im Tempel war wohl der Sitz eines Priesters oder Königs – vermutlich sogar eines Priesterkönigs.«

»Was ist denn das, ein Priesterkönig?«, wollte Isabelle wissen.

»Wenn der König oder Fürst eines Volkes zugleich auch oberster Priester seines Gottes oder seiner Götter ist«, erklärte Ramón und nahm seinen Fotoapparat von der Schulter. »Geht bitte ein paar Schritte zurück, ich möchte zuerst ein paar Aufnahmen machen.« Er befestigte das Blitzgerät und drehte am Objektiv der Kamera. Mit dem Auge schon am Sucher ging er langsam rückwärts, bis er den Jaguar voll im Blickfeld hatte.

»Verflixt noch mal!«, entfuhr es ihm, als er auf den Auslöser drückte und der grelle Blitz alles für einen Sekundenbruchteil taghell erleuchtete. »Was wackelt denn da? Das kann nichts geworden sein. Ich muss es noch einmal probieren.« Missmutig schaute er unter sich und tastete mit der Fußspitze den Boden ab. Tatsächlich, da bewegte sich eine der großen viereckigen Steinplatten.

»Merkwürdig! José, schieb doch bitte mal die Spitze deiner Hacke in den Spalt dort. So, und jetzt versuchen wir, ob sich die Platte hochheben lässt.« Gemeinsam drückten sie den kräftigen Stiel der Spitzhacke nach unten.

Tatsächlich: Der schwere Stein gab nach. Als sie ihn

so weit aufgewuchtet hatten, dass sie mit den Händen darunterfassen konnten, schafften sie es, wenn auch nur unter Ächzen und Anspannung aller Kräfte, die Platte herauszuheben.

»Eine Treppe!« Ramón hätte die Platte um ein Haar fallen gelassen, so überrascht war er. »José – ein geheimer Gang. Wir haben einen Geheimgang entdeckt! Was mag uns da unten erwarten? Los, kommt, wahrscheinlich sind wir die Ersten, die ihn betreten – nach über dreizehnhundert Jahren!«

In der Gruft des Priesterkönigs

Isabelle und Suzanne spürten ihr Herz bis zum Hals pochen. »Dürfen wir mit hinein in den Gang, die Treppe hinunter? Was glaubst du, wie tief der hinabgeht und was da unten ist?« Suzanne bekam glänzende Augen. Manuel, der nichts von ihrer Unterhaltung verstanden hatte, schaute ungläubig von einem zum anderen.

Ramón zögerte ein wenig, aber weil die drei Kinder die Entdeckung schließlich erst möglich gemacht hatten, sagte er: »Also gut, ihr dürft mit. Aber, José, du bleibst bitte erst einmal hier oben. Ohne eine Wache ist mir das zu gefährlich. Wer weiß, vielleicht treibt sich noch irgendeine andere Grabräuberbande hier herum und dann säßen wir wie die Mäuse in der Falle. Ich gehe auf jeden Fall voran, es könnte gefährlich werden und ihr habt fürs Erste einmal genug Abenteuer hinter euch.«

Er nestelte eine kleine Kerze aus der Jackentasche und zündete sie an. Isabelle schaute ihm verwundert zu. »Eine Kerze? Wir haben doch genug Taschenlampen dabei. Wozu brauchst du denn da noch eine Kerze?«

Ramón, der bereits über ein paar der unbequem hohen Stufen aus dicken Steinblöcken ein Stück in den geheimen Gang hinabgeklettert war, wandte sich noch einmal um. »Wir wissen nicht, wie tief die Treppe führt und was uns dort unten im Inneren der kleineren Pyramide erwartet. Nur eines wissen wir ziemlich sicher: Seit etwa dreizehnhundert Jahren ist kein Mensch mehr dort gewesen. Möglicherweise ist in der Tiefe des uralten Gemäuers die Luft nicht mehr zum Atmen geeignet, vielleicht haben sich sogar erstickende Gase angesammelt, wenn es keine Spalten zwischen den Steinen oder andere Öffnungen gibt, durch die von außen frische Luft eindringen konnte. Da unten kann zum Beispiel giftiges Kohlendioxid sein, das beim Faulen und Vermodern von Pflanzenresten entsteht. Weil es schwerer ist als Luft, kann es sich wie Wasser in tief gelegenen Räumen, zum Beispiel in Kellern oder Brunnenschächten ansammeln. Aber man sieht und riecht es nicht und merkt deshalb auch nicht, wenn man darin untertaucht. Allerdings erstickt es auch sofort eine Kerzenflamme, die ja ohne Luft nicht weiterbrennen kann. Deshalb halte ich die brennende Kerze immer vor mich, so etwa in Kniehöhe. Wenn sie plötzlich ausgeht, erkenne ich, dass sie in einen unsichtbaren ›See‹ von Kohlendioxid eingetaucht ist. Dann müssten wir sofort umkehren und schleunigst sehen, dass wir wieder nach oben kommen. Begreift ihr jetzt, warum ein Archäologe immer einen Kerzenstumpf und Streichhölzer in der Tasche hat?«

Doch die Kerzenflamme brannte ruhig und hell, während sie vorsichtig hintereinander den engen Treppengang hinabstiegen. Über sich bemerkte Suzanne auch hier wieder das ›falsche Mayagewölbe‹, dessen seltsame Konstruktion ihnen Ramón bereits am ›Palast‹ erklärt hatte. Die Deckensteine waren so aufeinander gelegt, dass der höher liegende immer ein wenig über den tiefer liegenden hervorragte, und ganz oben, wo die Steine von beiden Seiten zusammenstießen, war ein flacher Deckstein darüber gelegt.

Rasch verscheuchte sie den unheimlichen Gedanken, was geschähe, wenn sich auch nur einer dieser zentnerschweren Steinblöcke lösen und herabstürzen würde.

Ramón blieb unvermutet so ruckartig stehen, dass die unmittelbar hinter ihm kletternde Suzanne heftig gegen seine Schultern prallte. Sie hatten eine Art breiten Treppenabsatz erreicht, eine nicht besonders große Plattform, von der aus die Stufen offenbar nun in entgegengesetzter Richtung weiter abwärts führten. Ramón deutete auf einen grausigen Fund.

Mitten auf der quadratischen Steinplattform lagen drei Menschenskelette. Ihre vermoderten Schädel schienen den Eindringlingen hämisch entgegenzugrinsen. Im gelblichen Lichtschein von Ramóns Kerze schimmerten ihre gut erhaltenen Zähne gespenstisch.

Langsam ging Ramón neben dem vordersten Skelett in die Hocke und tastete nach dem Schädel. Sanft, als könne der die Berührung noch spüren, drehte er ihn zur Seite. Die Kerze hatte er auf den Steinboden gestellt und richtete jetzt den Lichtstrahl seiner starken Taschenlampe auf die Hinterseite des Schädels.

»Ich dachte es mir schon«, murmelte er. »Hier, schaut euch das an und bei den beiden anderen wird es genauso aussehen.« In dem bleichen Schädelkno-

chen klaffte ein großes Loch mit zersplitterten Rändern. »Sie sind erschlagen worden, diese armen Teufel.«

Während Manuel auf einer der letzten Treppenstufen kauerte und sich nicht von der Stelle rührte, wagten sich Suzanne und Isabelle vorsichtig neben Ramón.

»Aber warum?« Isabelle brachte ihre Frage nur mit Mühe heraus. »Waren das Gefangene?«, flüsterte sie, »war das ein Gefängnis hier, so ein unterirdisches Verlies?« Ein Schauer kroch ihr über den Rücken.

Suzanne hatte sich schon wieder etwas gefasst und rutschte vorsichtig noch ein wenig näher an die Skelette heran. »Vielleicht haben es die alten Maya genauso gemacht wie schon lange vor ihnen die Ägypter! Die haben doch auch die Arbeiter, die als Letzte den Zugang zum Grab ihres Pharao in irgendeiner Pyramide oder einem Grab im Tal der Könige verschließen und für die Grabräuber unkenntlich machen mussten, umgebracht!«

»Aber warum denn das?« Isabelle schüttelte verständnislos ihren Kopf. »Warum ermordet man Menschen, die nichts Böses getan haben?«

»Ja, verstehst du denn nicht? Diese Arbeiter wussten doch, wo der Eingang zum Pharaonengrab mit all seinen unerhörten Schätzen war – und hätten es verraten können. Deshalb mussten sie mundtot gemacht werden.«

»Weshalb hat man aber die armen Kerle einfach hier liegen lassen?«

Suzanne zuckte mit den Schultern. »Vielleicht, damit irgendwelche späteren Eindringlinge, die – genau so wie eben wir heute – den Geheimgang entdeckten, durch den Anblick der Toten in Angst und Schrecken versetzt würden. Dadurch sollten sie den Mut verlieren, noch weiter in die Tiefe vorzudringen und zu suchen!«

Isabelle wurde nachdenklich. »Sag mal, Ramón, wenn das stimmt, was Suzanne vermutet, dann müsste dort drunten, irgendwo am Ende dieser Treppe, doch ein Schatz verborgen sein, nicht wahr?« Ihre Augen funkelten vor Begeisterung.

Ramón nickte. »Davon bin ich überzeugt. Aber vielleicht nicht nur ein Schatz.«

»Ja«, unterbrach ihn Suzanne aufgeregt, »ich kann mir auch schwer vorstellen, warum man einen Schatz derart tief unter einer gewaltigen Pyramide verstecken und alle, die davon wussten, töten sollte, damit ihn kein Mensch mehr finden kann! Was für einen Wert hat denn der größte Goldschatz, wenn er niemandem gehört, der ihn verwenden kann?«

Isabelle musste schlucken. »Also meint ihr wirklich, dass wir da unten auch ein Grab finden werden – vielleicht sogar eines von einem Maya-König?«

»Nun, etwas Genaueres kann ich jetzt noch nicht sagen. Die Archäologen waren bis jetzt der Meinung, dass die mittelamerikanischen Pyramiden lediglich massive Sockel seien für die Tempel auf ihrer Plattform. Dass im Pyramideninnern ein Treppengang nach unten führt, das ist wirklich etwas völlig Neues. Da kann man auf allerhand Überraschungen gefasst sein. Also los, weiter. Gebt Acht, dass ihr hier nichts berührt. Wir müssen alles erst noch fotografieren und vermessen.«

Scheu an die Steinwand gedrückt schoben sich die drei Kinder an den Skeletten vorbei und folgten Ramón, der sich umgewandt hatte und die nun in entgegengesetzter Richtung weiterführende Treppe hinabstieg.

Es war auch hier, vor allem wegen der Höhe der Stufen und der Hitze, die selbst im Inneren der Pyramide herrschte, eine anstrengende Kletterpartie. Endlich ging es nicht mehr weiter. Nach Ramóns Berechnung mussten sie jetzt bereits unter dem Fuß der Pyramide angelangt sein – also tiefer, als die Erdoberfläche draußen war.

Die Treppe endete in einem kleinen Raum ohne Ausgang. Enttäuscht leuchtete Ramón sorgfältig alle Wände ab und zuletzt sogar die Decke. Er schüttelte den Kopf und murmelte etwas Unverständliches. Suchend ließ er den Lichtkegel noch einmal über die auffallend glatte gegenüberliegende Wand gleiten. Sie bestand anscheinend aus einer einzigen großen Felsplatte, während die übrigen drei aus Steinblöcken zusammengefügt waren.

»Hier, nimm mal bitte meine Lampe und leuchte mir«, bat er Isabelle. »Die Kerze kleben wir dort an den Stein und du, Suzanne, leuchte mit deiner Lampe auch bitte die Wand dort an, ich brauche so viel Licht wie möglich.«

Er richtete sich auf und betastete aufmerksam sämtliche Fugen zwischen der hohen Platte und den angrenzenden Seitenwänden. Als er sich schließlich mit einer Schulter gegen den Rand der Platte stützte, schien sie kaum merklich nachzugeben. Überrascht stemmte er sich fester dagegen und plötzlich schwenkte sie, wie von Geisterhand bewegt, wie eine Tür in ihren Angeln zur Seite.

1300 Jahre hatte sie verborgen gehalten, was jetzt die hellen Lichtkegel der Taschenlampen jählings aus dem Dunkel rissen. Keiner brachte ein Wort über die Lippen. Nur Ramón entfuhr ein Seufzer, der wie ein schmerzhaftes Stöhnen klang. Blitzartig war ihm aufgegangen, dass dies hier der Höhepunkt seiner Archäologenlaufbahn war. Verzückt und alles andere um sich her vergessend starrte er auf die mächtige, mit prachtvollen Ornamenten überreich verzierte Steinplatte, die in dem engen, gruftartigen Gewölbe lag. Unter einer solchen Platte konnte, an einem heiligen Ort wie diesem und von erschlagenen Wächtern beschützt, tatsächlich nur eines sein: das Grab eines mächtigen Fürsten. Ein König wie der Ägypter Tutanchamun, der zugleich auch oberster Priester seines Gottes war, des Sonnengottes.

Ramón wischte sich den Schweiß von der Stirn. »Gib mir die Lampe«, stieß er mit heiserer Stimme hervor und streckte, ohne den Blick von der Grabplatte zu wenden, Isabelle die Hand entgegen. Sacht stützte er sich mit den Knien auf den wundervoll behauenen Stein und fuhr mit seinen Fingern die schwungvollen Linien der herrlichen Steinmetzarbeit nach. Es war ein Flachrelief und aus dieser Nähe derart verwirrend, dass er nicht gleich erkennen konnte, was es darstellte.

Suzanne, die ihm atemlos gespannt über die Schulter geblickt hatte, stammelte plötzlich: »Aber das ist doch ... da! ... seht ihr denn das nicht ... das ist ja ein Mensch. Hier ... in der Mitte – und er lenkt irgendwas.

Und da ... mit seinem Fuß ... seht ihr's ... da tritt er auf einen Hebel ... auf so ein Pedal, wie das Gaspedal im Auto.«

Sie beugte sich weiter vor und deutete auf verschiedene Stellen der Grabplatte. Ramón trat so weit zurück, wie es die Enge des Raums zuließ. Wahrhaftig, jetzt konnte auch er erkennen, dass dies nicht nur irgendwelche verschlungenen Ornamente waren, sondern dass es sich um ein richtiges, großes Bild handelte.

»Was meinst du mit ›lenken‹, Suzanne? Was soll der Mensch da – übrigens ein Indianer im Lendenschurz, seht ihr's – lenken, mit den Händen und einem Fußhebel?«

Es war selbst hier, bei dieser spukhaften Beleuchtung, nicht zu übersehen, dass Suzannes Gesicht rot vor Aufregung war.

»Ja, weißt du ... Erinnerst du dich noch an die Sache mit den Astronauten, die von irgendwelchen anderen Sternen die Erde besucht haben sollen? Da haben wir doch schon bei den Riesenköpfen im Urwald drüber geredet. Und ... und das da, das sieht doch genauso aus, als wär's einer, der eine Rakete steuert – oder nicht?«

»Doch«, mischte sich jetzt auch Isabelle lebhaft ein. »Guck mal, Ramón, das könnte eine Rakete sein, in der einer drinhockt, mit ganz vielen Hebeln, Schaltknöpfen und was weiß ich für Instrumenten – so wie in einem Flugzeugcockpit eben.«

Sie deutete aufgeregt auf verschiedene Stellen der mächtigen Platte. »Vorn wird die Rakete ganz spitz, und da hinten«, sie bückte sich und beleuchtete mit ihrer Taschenlampe den Rand an der unteren Schmal-seite der Platte, »da, seht ihr's? Aus dem anderen Ende der Rakete kommen Flammen heraus. Oh, Ramón, wenn wir jetzt den Beweis für richtige Welt-raumfahrerbesuche schon vor über tausend Jahren entdeckt hätten.«

Ihre Augen funkelten vor Begeisterung. Ramón be-trachtete das seltsame Reliefbild lange ohne ein Wort zu erwidern. Dann schüttelte er energisch seinen Kopf.

»Ihr hättet beide das Zeug dazu, spannende Sciencefictionromane zu schreiben. An Phantasie mangelt es euch wirklich nicht. Aber leider muss ich euch enttäuschen. Wer sich mit den religiösen Vor-stellungen der alten Maya etwas näher beschäftigt hat, der kann nicht auf derart absonderliche Gedanken verfallen. Das werdet ihr sehr rasch selbst einsehen. Hier«, er deutete auf die Menschendarstellung in der Mitte des großen Reliefbildes, »seht ihr, dass euer ›Astronaut‹ ein Indianer ist. Ein Maya, wie sein eigen-artiger Nasenrücken deutlich beweist, und außer ei-nem Lendenschurz hat er nichts an. Ihr meint doch wohl nicht im Ernst, dass die Maya, die nicht einmal Rad und Wagen kannten und außer Gold und Kupfer kein anderes Metall, den Weltraum mit Raketen be-fahren haben. Und das auch noch ohne jede beson-dere Schutzkleidung, die Pedale barfuß tretend. Deine Hebel und Pedale, Suzanne, sind in Wirklich-keit nichts anderes als die Blätter einer Pflanze – nur aus Schmuckgründen ein wenig stilisiert. Den dicken Spross, an dem diese Blätter sitzen, hast du, Isabelle, für den Rumpf einer Rakete gehalten. Aber ich kann dir sogar sagen, um welche Pflanze es sich handelt. Es ist Mais, das lebenswichtige Getreide der Maya. Ihr kennt doch die Stelle aus der Bibel, wo vom Weizenkorn die Rede ist, das in die Erde fallen und sterben muss, damit eine neue Pflanze aus ihm hervorkeimen kann, die viele Körner trägt? In der Religion der Maya, die keinen Weizen kannten, nahm der Mais die gleiche Stellung ein und galt als Sinnbild von Tod und Wiedergeburt. Kein Wunder also, wenn sie sein Bild auf die Deckplatte eines Grabes meißelten. Was eure Phantasie zu ›Flammen‹ machte, das sind in Wirklichkeit die Wurzeln, die unten aus dem dicken Maishalm hervorsprießen. Und hier« – er richtete den Strahl seiner starken Stablampe auf die vermeintliche ›Raketenspitze‹ – »den da habt ihr überhaupt noch nicht entdeckt.«

Ein Papagei – wahr und wahrhaftig, da saß ein Papagei. Ein großer Vogel mit krummem Schnabel, der sein Gefieder zu sträuben schien. Ramón konnte sich selbst in dieser feierlichen Umgebung ein Lächeln nicht verkneifen, als er in die verdutzten Gesichter seiner beiden Nichten blickte.

»Wie immer auch die Spitze einer Weltraumrakete aussehen mag, die Gestalt eines Papageis wäre auf jeden Fall absolut ungeeignet als Zierrat.«

»Ja, da hast du wohl Recht.« Suzannes Stimme klang ziemlich kleinlaut. »Aber was soll denn der Papagei auf der Spitze einer Maispflanze bedeuten? Fressen die Mais?«

»Das ist wieder nicht schwer zu verstehen. Papageien werden sehr alt und das wussten wohl schon die Maya. Deshalb galt der bunte Vogel bei ihnen als

Symbol des ewigen Lebens – genau die richtige Ergänzung also für die Maispflanze als Hinweis auf die Wiedergeburt im Jenseits.«

»Also bist du ganz sicher, dass das hier so eine Art großer Steinsarg ist und ein Toter unter der Platte liegt?«

»Daran kann es überhaupt keinen Zweifel geben. Wäre das Grab irgendwann später noch einmal geöffnet worden, dann hätten sich die Räuber niemals die Zeit genommen diese schwere Platte wieder so sorgfältig daraufzulegen. Auch die Knochen der Wächter-Skelette auf dem Treppenabsatz lägen wirr durcheinander, wenn Grabräuber achtlos auf ihnen herumgetrampelt wären. Nein: Hier wartet eine wirklich sensationelle Entdeckung auf uns, das kann ich euch jetzt schon versprechen.«

»Und wie sollen wir die schwere Platte hoch kriegen? Die wiegt ja mindestens ein paar Zentner.« Isabelle pochte mit dem Knöchel ihres Zeigefingers gegen den Stein.

»Zentner? Sag ruhig Tonnen. Ohne Flaschenzüge können wir die nicht mal um einen Millimeter zur Seite rücken oder gar anheben.« Ramón suchte mit kritischen Blicken das aus glatt behauenen Quadern fugenlos zusammengesetzte Gewölbe ab. »Dort, die viereckigen Löcher, seht ihr? Die Maya haben es anscheinend genauso gemacht. Da müssen genau passende Balken eingesetzt werden, an denen wir die Flaschenzüge aufhängen können. Aber ihr seid ja dann dabei. Morgen«, fügte er mit einem Blick auf seine Armbanduhr hinzu, »für heute haben wir weiß Gott genug erlebt. Außerdem brauchen wir ja nicht nur die

Balken und Flaschenzüge, sondern auch ein paar Leute. Kommt jetzt, wir wollen unserem Priesterkönig wenigstens noch eine Nacht seine Ruhe gönnen. Aber erst muss José das alles noch gesehen haben. Ich bleibe so lange unten, schickt ihn mir bitte herab und bewacht ihr drei so lange den Zugang.«

Endlich wieder oben angelangt waren die drei Freunde froh eine Weile verschnaufen zu können. Diese verflixt hohen Treppenstufen – und das bei dieser Hitze. Als dann endlich auch Ramón und José verschwitzt und schnaufend, aber mit freudestrahlenden Gesichtern aus dem Treppenschacht geklettert waren, setzten sie die steinerne Bodenplatte mit vereinten Kräften vorsichtig wieder an ihren Platz. Niemand würde vermuten, welches Geheimnis sich in der Tiefe der Tempelpyramide verbarg.

Ramón hatte von der Gruft, besonders natürlich von der Grabplatte und ebenso auch von den Skeletten der drei ›Wächter‹ Fotos gemacht. Jetzt konnte er endlich auch ungestört den Jaguar-Thron fotografieren.

Als sie schließlich wieder vor der Pyramide im dichten Urwald standen, blickte Ramón auf die Mauer- und Gebäudereste ringsum, die größtenteils von Pflanzen überwuchert oder sogar längst von Erde bedeckt waren.

»Hier muss allerhand weggeräumt werden«, meinte er zu José. »Gut, dass wir morgen ein paar neue Arbeiter einstellen.«

José nickte. Ramón hatte ihm die Neuigkeit schon berichtet, allerdings ohne dabei zu verraten, dass es sich um ehemalige Grabräuber handelte. Das sollte nun endgültig vergeben und vergessen sein, denn ohne deren heimliches und verbotenes Treiben, darüber war sich Ramón völlig klar, hätte er niemals die Entdeckung seines Lebens gemacht. Vor allem aber nicht ohne Manuel. Er musste gut überlegen, wie man sich auch dem Jungen gegenüber am besten dankbar erweisen konnte.

Als sie dann später gemeinsam vor dem Wohnmobil beim Abendessen saßen, schärfte Ramón Manuel noch einmal ein über die Entdeckungen dieses Tages zu schweigen.

»Kein einziges Wort darüber, zu niemandem, Manuel, verstehst du?« Manuel versprach es hoch und heilig. Er war nicht wenig stolz darauf, Mitwisser einer derart aufregenden und geheimen Sache zu sein und wie ein Erwachsener behandelt zu werden. Morgen würde die schwere Steinplatte gehoben und das so viele Jahrhunderte lang vergessene Geheimnis der versteckten Pyramidengruft endlich offenbar werden.

Die grüne Maske

Kein Wunder, dass Suzanne und Isabelle vor Aufregung und Ungeduld erwachten, lange bevor die Sonne wie ein glühender Riesenball über den fernen Hügeln aufging. Ramón dagegen schien noch fest zu schlafen. So behutsam wie möglich machten sich die beiden Mädchen fertig und bereiteten das Frühstück vor. Als Ramón schließlich die leichte Leinendecke zurückwarf und unter seinem Moskitonetz in die Höhe fuhr, war der Tisch vor dem Wohnmobil schon gedeckt.

Überrascht schaute er nach draußen und gähnte herzhaft. »Was soll nur aus mir werden, wenn ihr wieder zu Hause seid und mich niemand mehr verwöhnt?«, scherzte er.

»Vielleicht solltest du dir eine Frau suchen«, riet Suzanne.

Ramón schaute sie zweifelnd an. »Aber wann denn bloß? Ich fürchte, ich habe einfach keine Zeit dazu. Und wer soll es schon mit mir aushalten? Ich bin ja ständig unterwegs!«

Sie saßen noch an ihrem Campingtisch, als Manuel mit seinen großen Brüdern und den anderen Männern über das Ausgrabungsfeld auf sie zukam. Verlegen blieben sie etwas abseits stehen, als Manuel die Mädchen und Ramón herzlich begrüßte. Ramón stand rasch auf, eilte zu den Männern hinüber und reichte freundlich lächelnd jedem die Hand. Dann bat er sie mit zu José zu kommen, der die Anstellungs- formalitäten erledigte und den Lohn mit ihnen ver- einbarte. Nur zu gern waren sie mit dem Angebot einverstanden, denn eine gut bezahlte Arbeit über längere Zeit – davon hatten sie nicht einmal zu träu- men gewagt. Ohne Zweifel würden sie verlässliche Arbeitskräfte sein. Nur: Von der großen Entdeckung sollten sie vorläufig nichts erfahren. Sie würden an- fänglich vollauf damit zu tun haben, den schmalen Trampelpfad zum neu entdeckten Ruinenfeld zu eb- nen und zu erweitern, damit ein befahrbarer Weg ent- stand. In den geheimen Gang zum Jaguar-Tempel und in die Gruft darunter nahmen Ramón und José außer den drei Freunden nur noch zwei ihrer kräftigs- ten und verschwiegensten Leute mit. Das war wegen des Transports der Balken, Flaschenzüge und Werk- zeuge unumgänglich.

Es war nicht allein wegen der stickigen Hitze, son- dern vor allem durch die Enge der Gruft keine leichte Arbeit, die beiden kurzen Balken in die dafür schon von den Maya vorgesehenen Löcher einzupassen, die Flaschenzüge daran aufzuhängen und die Greifhaken an der Grabplatte zu befestigen. Erst viel später sollte sich übrigens herausstellen, wie Recht Ramón mit seiner Verbesserung von ›Zentnern‹ auf ›Tonnen‹ gehabt hatte: Die Platte wog tatsächlich volle acht Tonnen. Die Männer mussten immer wieder eine Verschnaufpause einlegen. Doch dann war es endlich so weit: Der große Augenblick stand kurz bevor. Je- der der vier Männer hielt eine der von den Flaschenzügen herabhängenden Ketten in seinen Händen. Auf ein Kommando Ramóns begannen sie gleichzeitig und gleichmäßig langsam zu ziehen.

»Da! Die Platte gibt nach, sie hebt sich schon. Ramón, sie hat sich wirklich bewegt«, rief Suzanne aufgeregt.

Ramóns Gesicht glänzte vor Schweiß. »Wir heben jetzt nur noch auf der einen Längsseite weiter, also mit dem linken Flaschenzug. Dann öffnet sie sich wie der Deckel eines Buches und wir sparen Kraft dabei.«

Er wischte sich mit dem Unterarm über die feuchte Stirn. »Also, nur noch an diesen beiden Ketten ziehen, aber langsam, ganz, ganz vorsichtig.«

Der dunkle Spalt zwischen Deckplatte und Rand des mächtigen steinernen Sarges darunter wurde allmählich größer. Gebannt starrten Suzanne und Isabelle in die weiter und weiter gähnende Öffnung. Aber noch war nichts darin zu erkennen. Als der Abstand zwischen Platte und Sargrand etwa einen halben Meter betrug, griff Ramón nach der Taschenlampe und richtete ihren Strahl in die Tiefe der finsteren Öffnung.

Isabelle und Suzanne drängten sich neben ihn. »Kannst du irgendwas sehen? Sag doch!« Isabelles Stimme klang rau vor Erregung. Aber Ramón antwortete nicht, sondern starrte gebannt in die Öffnung. Und dann sahen es auch die beiden Cousinen: Ein Gesicht blickte sie an – aus großen, weit aufgerissenen Augen, ein im Lichtkegel der Lampe geheimnisvoll grünlich aufleuchtendes Menschengesicht.

»Ramón!«, flüsterte Suzanne mit tonloser Stimme.

»Ramón – da.« Sie musste schlucken und deutete immer noch auf das große Gesicht, das sie aus dem Sarg heraus unentwegt wie anklagend anzusehen schien.

Ramón ließ sich auf die Knie nieder und beugte sich weit über das halb geöffnete Grab. Totenstille herrschte in der Gruft und alle schienen den Atem anzuhalten, als er mit der Taschenlampe den mächtigen Sarkophag ausleuchtete. »Der Priesterkönig!« Ramón flüsterte unwillkürlich. Suzanne schien es, als scheue er sich in diesem weihevollen Augenblick laut zu sprechen.

»Suzanne«, noch immer war seine Stimme leise, als fürchtete er einen Schlummernden aufzuwecken, »hier, nimm die Lampe und leuchte mir.« Suzanne rückte noch etwas näher und konnte jetzt ein lang ausgestrecktes menschliches Skelett erkennen. Gold blitzte im Schein der Lampe auf, Edelsteine funkelten aus der düsteren Tiefe des Grabes, aber Suzanne und Isabelle konnten den Blick nicht von den übergroßen, schwarz glänzenden Pupillen der grünen Maske lösen.

Ramón fasste mit beiden Händen die Wangen dieses rätselhaften, wie lebendig wirkenden Gesichts, als sei es etwas Heiliges oder doch wenigstens etwas außergewöhnlich Wertvolles. Sachte hob er es hoch.

»Eine Totenmaske, die herrlichste Totenmaske, die jemals in der Neuen Welt gefunden wurde.« Ramón hielt das ›Gesicht‹ wie eine Reliquie ins Licht. »Man legte solche Masken über das Antlitz der Toten, die einen besonders hohen Rang bekleideten, und nun ruht diese schon seit einigen Jahrhunderten auf dem längst verwesten Haupt des Priesterkönigs und blickt mit ihren offenen Augen in das Dunkel. Seltsam, auch die Ägypter und die alten Griechen bedeckten die Gesichter ihrer toten Könige mit Masken, sogar mit Masken aus purem Gold.«

»Aber weshalb ist sie so grün, das ist doch kein Gold?« Isabelle flüsterte unwillkürlich, so nahe bei dem Ehrfurcht gebietenden Gesicht.

»Weil sie aus lauter Jadestücken zusammengefügt ist, eine wundervolle, kunstreiche Mosaikarbeit, mit Pupillen aus dunklem Obsidian, einem vulkanischen Gesteinsglas. Für die alten Maya war dieser Jadestein ja noch wertvoller als Gold. Aber auch davon gaben sie ihrem Priesterkönig genug als Schmuck mit ins Grab. Auch das beweist, wie schon die Darstellungen auf der Grabplatte, dass sie fest an ein Weiterleben nach dem Tod glaubten. Wozu hätten sie sonst einem Toten solche Kostbarkeiten mit in sein Grab geben sollen?«

»Und was geschieht jetzt damit? Kommt das hier auch alles in dein Museum nach Mexico City?«

Ramón legte die grüne Maske sanft wieder auf den hohläugigen Totenschädel zurück und erhob sich mühsam. »Ja, natürlich. Und die prachtvolle Maske erhält dort bestimmt sogar einen Ehrenplatz! Die Kollegen im Museum werden staunen, wenn sie sehen, was wir hier entdeckt haben. Zuerst müssen wir hier aber alles fotografieren und genauestens vermessen – die Lage jedes einzelnen Knochens und Schmuckstücks.«

»Warum das?« Die beiden Mädchen blickten ihn überrascht an.

»Damit wir später im Museum alles wieder genauso anordnen können. Wir werden das ganze Grab exakt nachbauen, fertigen also eine getreue Kopie an – natürlich auch von der Grabplatte. Das Original, also diese hier, bleibt wohl hier an Ort und Stelle. Deshalb müssen von allem Abgüsse genommen werden. Sicher wird dieses Priesterkönig-Grab aus dem Urwald von Chiapas einmal Mittelpunkt und Hauptattraktion des Museo Nacional de Antropología. Aber«, er wandte sich wieder seinen Helfern zu, »jetzt muss die Deckplatte erst einmal weiter angehoben werden, bis die Sargöffnung ganz frei liegt.«

Behutsam begannen die Männer erneut an den Ketten zu ziehen. Ramón zündete noch zwei Gas-Campinglampen an, bis es nahezu taghell in der engen Gruft wurde.

Es war, bei aller Begeisterung, die sie erfüllte, ein recht mühsames Unterfangen, in dieser eingeschränkten Bewegungsfreiheit und Hitze zu fotografieren, alles und jedes genauestens zu vermessen und eine sorgfältige Lagezeichnung anzufertigen. Das Skelett sollte vorläufig an seinem Platz verbleiben. Später würde es dann, zusammen mit denen der drei Wächter, zu genaueren Untersuchungen nach Mexico City geschickt werden. Nur so konnte man erfahren, ob diese Mayas an irgendwelchen Krankheiten gelitten hatten und was die Todesursache des Priesterkönigs gewesen war.

Fasziniert betrachteten die beiden Mädchen den Schmuck des Toten. Wie viel glanzvoller war das alles hier als in Monte Albán und schon da hatte Ramón sie doch sehr gelobt, als sie im Schutt den kleinen Goldschmuck gefunden hatten.

Es dauerte den ganzen Tag, bis alles fotografiert, in den genauen Lageplan eingezeichnet und Stück für Stück sorgfältig verpackt war – von der kleinsten Tonfigur bis zur herrlichen Totenmaske aus Jade.

Dann endlich saßen Ramón und seine Nichten draußen vor der Pyramide und picknickten. Manuel lag schlafend hinter ihnen im Gras, das spärlich zwischen den uralten Steinfliesen spross. Ramón war auffallend schweigsam. Schließlich räusperte er sich und begann zögernd: »Ich muss euch etwas mitteilen.«

Erschrocken über den Ton seiner Stimme blickten die Cousinen ihn an.

»Es ist nämlich – also: Wir werden schon sehr bald von hier aufbrechen müssen. Wenn wir nachher wieder zurück sind, muss ich rasch ins Dorf zum Telefonieren. Wir brauchen drei Plätze für den nächsten Flug nach Mexico City, die muss ich in Merida buchen.«

»Wieso *fliegen* wir denn zurück?« Isabelle schaute ihn überrascht an.

»Es bleibt uns gar nichts anderes übrig, weil ich die wertvollen Fundstücke schleunigst persönlich ins Museum bringen muss. Stellt euch nur vor, es ginge unterwegs etwas davon verloren oder würde uns aus dem Wohnmobil gestohlen oder wir hätten einen Unfall damit – nicht auszudenken! Ist es schlimm für euch? Wir werden versuchen spätestens übermorgen eine Maschine zu bekommen. Übrigens«, fügte er gleichsam zum Trost hinzu, »haben wir dann in Mexikos Hauptstadt die beiden Tage, die wir mindestens einsparen, wenn wir nicht mit dem Wagen fahren, länger Zeit füreinander; das ist doch auch etwas. Und

›mein‹ Museum bekommt ihr dann ganz ausführlich gezeigt.«

Suzanne richtete sich auf. »Also, ich bin ehrlich gesagt überhaupt nicht böse darüber, wenn wir nicht noch einmal fast drei Tage im Wohnmobil hocken und die gleiche Strecke bei dieser Hitze ein zweites Mal fahren müssen. Du doch sicher auch nicht, Isabelle?«

»Klar. Wie lang dauert's denn im Flugzeug von Merida bis Mexico City?«

»Ungefähr eine Stunde. Wir überfliegen den Golf von Mexiko und schneiden dabei ein großes Stück ab. Über Land mussten wir ja einen weiten Bogen fahren.«

Doch dann fiel ihnen Manuel ein, der von dem ganzen Gespräch nichts mitbekommen hatte. Isabelle drehte sich zu ihrem neuen Freund um und schluckte leer. Unwillkürlich musste sie daran denken, wie sie den schlafenden Manuel vor ein paar Tagen vor der Schlange gerettet hatten. Wie viel war seitdem geschehen!

Ramón verstand auch ohne Worte, was in ihr vorging. »So ist das nun mal im Leben«, meinte er nachdenklich. »Irgendwann muss man immer Abschied nehmen von lieb gewordenen Freunden und da kommt es letzten Endes auf einen Tag mehr oder weniger doch nicht an. Vielleicht könnt ihr ihm zum Andenken etwas von euch schenken? Für ihn wäre schon ein T-Shirt eine tolle Sache. Guckt doch nur, wie er gekleidet ist.«

Das war ein Wort. Sofort waren die beiden Cousinen voller Pläne: »Weißt du was? Ich schenke ihm eine von meinen Jeans.« Isabelle war schon ganz zappelig möglichst rasch zurück zum Wohnmobil zu kommen um alles nur irgendwie Entbehrliche für Manuel zusammensuchen zu können. »Die passen ihm ganz bestimmt, er ist ja kaum so groß wie ich und kann ruhig noch ein wenig hineinwachsen.«

»Dann bekommt er von mir das T-Shirt mit dem Eiffelturm vorn drauf, so was hat hier bestimmt kein anderer Junge. Du, glaubst du, dass ihm meine Sandalen passen? Dann müsste er doch nicht immer barfuß laufen über all die spitzen Steine hier.«

Fieberhaft überlegten sie, was Manuel noch alles gebrauchen könnte – von Kleidungsstücken über Taschenmesser bis hin zum Kugelschreiber.

Aber auf einmal wurde Suzanne doch wieder nachdenklich. »Das ist ja alles schön und gut, aber eigentlich nur so eine Art ›Tropfen auf den heißen Stein‹. Ich will damit sagen: Für den Augenblick wird Manuel sich sicher furchtbar freuen, aber wie geht es dann weiter? Ramón, kannst du nicht auch für ihn irgendwas tun; ich meine, so ähnlich wie für seine Brüder?«

Ramón kratzte sich nachdenklich hinterm Ohr. »Ja, ich habe auch schon hin und her überlegt. Schließlich haben wir ihm eine Menge zu verdanken. Die Museumsleitung wird ihm bestimmt eine Geldprämie bewilligen und die kann seine Familie sicher dringend brauchen. Aber darüber hinaus wird mir schon noch was einfallen. Überlegt doch nur, was für ein Touristenansturm uns erwartet, wenn sich die Neuentdeckung erst mal herumgesprochen hat. Da gibt es hier sicher allerhand zu tun – auch für Manuel. Also macht euch keine Sorgen um euren Freund, dem wird auf jeden Fall geholfen.« Ramón legte feierlich seine rechte Hand aufs Herz: »Versprochen ist versprochen.«

Abschied von Mexiko

Sie hatten schon alles fürs Abendessen fertig, als Ramón aus dem Dorf zurückkam. Ja, es würde tatsächlich klappen mit dem Flug übermorgen. José könnte sie am zeitigen Vormittag nach Merida fahren und dann ihr Wohnmobil wieder mit zurücknehmen. Es sollte ja auch weiterhin Ramóns Zuhause sein, solange es hier die neu anfallenden Arbeiten zu organisieren und zu überwachen gab.

Isabelle und Suzanne hatten die Zwischenzeit nicht ungenutzt verstreichen lassen. Vor den Augen ihres verwunderten Freundes Manuel begannen sie eine geheimnisvolle Tätigkeit: Sie mischten und kneteten einen Teig und füllten ihn in eine flache Blechform, bestreuten ihn mit geriebenem Käse und gossen eine sorgsam zubereitete Soße darüber. Sogar Schinken, von dem noch ein Restchen im Kühlschrank entdeckt wurde, schnitten sie in kleine Würfel und mischten sie unter den seltsamen Teig. Dann wurde das Blech in den Backofen – ja, so was gab es tatsächlich auch im Herd des Wohnmobils – geschoben und gebacken.

Als Ramón in den Wohnwagen kam, schnupperte er dann auch wie ein Jagdhund, der ein Wild wittert. »Sagt mal, was duftet denn da so herrlich? Da schießt einem ja geradezu das Wasser in den Mund. Was gibt's denn heute so Besonderes?«

»Abwarten, schließlich ist es ja schon unser zweitletzter Abend hier, und du liebst doch die französische Küche so, also haben wir was Französisches vorbereitet. Aber ich warne dich«, – Isabelle musste ein wenig schadenfroh feixen, »hoffentlich hast du morgen nicht irgendeine wichtige Besprechung.«

»Wieso? Nein, nicht dass ich wüsste. Es läuft alles wie am Schnürchen und José ist ein großartiger Organisator. Warum, was ist denn drin in eurem französischen Abendessen, das sich nicht mit Besprechungen verträgt?«

»Knoblauch!« Isabelle sagte es geradezu triumphierend. »Ohne dieses prächtige Gewürz schmeckt unsere ›Quiche à la Suzanne et Isabelle‹ nämlich nicht – zumindest nicht französisch.«

Na, und ob sie schmeckte. Die beiden Mädchen vergaßen sogar für eine Weile ihren Kummer über die bevorstehende Trennung von Manuel, der noch immer nichts von der baldigen Abreise seiner neuen Freundinnen ahnte. Isabelle und Suzanne wollten ihm ihre Geschenke erst am nächsten Tag überreichen. »Damit er jetzt noch nicht so traurig ist«, erklärte Suzanne Ramón, nachdem der Junge gegangen war. »Weißt du, Isabelle und ich sind ja noch eine Weile zusammen, aber er bleibt doch allein hier zurück.«

»Na, er wird doch bestimmt auch seine Freunde haben, hier im Dorf. So ganz und gar verlassen ist er sicher nicht. Also, lasst den Kopf nicht hängen. Denkt lieber daran, wie sehr sich Manuel über eure Geschenke freuen wird!«

Und das tat er dann auch ausgiebig. Er war mitgekommen, als seine Brüder am nächsten Morgen ihre Arbeit begannen. Wortlos vor Staunen stand er vor dem Gabentisch, den Isabelle und Suzanne für ihn vorbereitet hatten und ließ ganz überwältigt seine Arme herabhängen. So etwas hatte er noch nie gesehen.

»Das ... das ist alles für mich? – Wirklich?«, stammelte er schließlich und schaute Suzanne fassungslos an.

»Natürlich, probier doch mal was an, na komm, mach schon.«

Es war ein völlig verwandelter Manuel, der nach der Kleideranprobe vor den beiden Mädchen stand. Zum ersten Mal in seinem Leben hatte er Schuhe, zumindest Sandalen, an den Füßen. Isabelles Jeans saßen tatsächlich wie angegossen, nachdem er sie unten einmal umgeschlagen hatte. Nur den Eiffelturm auf seinem neuen T-Shirt musste ihm Suzanne erst umständlich erklären – in reichlich holprigem Spanisch, denn derartige Erklärungen lernt man eben nicht im Schulunterricht.

Plötzlich stockte Manuel: »Warum schenkt ihr mir das alles?«, wandte er sich an Suzanne.

»Damit du uns nicht so schnell vergisst. Wir reisen nämlich morgen ab.« Dass Suzanne bei ihrer Antwort auf Spanisch wieder ins Stocken geriet, lag diesmal nicht nur an den vertrackten Vokabeln. Es fiel ihr schwer, Manuel zu erklären, dass sie sich nun trennen müssten.

Manuel blickte traurig von einem zum anderen.

Ramón versuchte die gedrückte Stimmung aufzufangen. Er wiederholte nicht nur das Suzanne und Isabelle feierlich gegebene Versprechen, für Manuel und sein Weiterkommen zu sorgen, der Junge durfte auch mit ihnen zum Flugplatz nach Merida fahren.

Aber noch war es ja nicht soweit. Es gab, vor allem für Ramón, viel einzupacken. Die wertvollen Funde kamen in einen kistenartigen, großen Metallkoffer, der durch mehrere Schlösser zu sichern war. Suzanne und Isabelle durchstöberten das ganze Wohnmobil von unten bis oben unters Dach um auch ja nichts zu vergessen. Ihre Koffer hatten sie bereits hervorgekramt und versuchten nun alle ihre Sachen wieder darin unterzubringen. Durch die Geschenke für Manuel gab es zwar einigen Platz darin, aber den brauchten sie dringend für ihre verschiedenen Mitbringsel – von Kakaofrüchten und bunten Vogelfedern bis zu kleinen Indianerarbeiten, die sie für die Daheimgebliebenen erhandelt hatten.

Am Nachmittag besuchten die drei Unzertrennlichen dann noch einmal alle bekannten und vertraut gewordenen Plätze – von Manuels Pyramide, den zerfallenen Zellen und dem Sternwartenturm des Palastes bis zum Tempel des Jaguar-Gottes, der jetzt ständig von ausgesuchten Mitarbeitern bewacht wurde. Das musste sozusagen rund um die Uhr so lange geschehen, bis endlich die geplante Gittertür vor dem nun ausreichend erweiterten Eingang angebracht sein würde. Ramón war mitgekommen um von den dreien noch ein paar Fotos an Ort und Stelle ihres großen Abenteuers zu machen. Sie sollten eine bleibende Erinnerung sein.

Beim letzten gemeinsamen Abendessen, zu dem Manuel selbstverständlich wieder eingeladen war, wollte die sonst gewohnte Lustigkeit nicht so richtig aufkommen. Immerzu mussten sie alle daran denken: Morgen geht's endgültig ans Abschiednehmen.

Manuel kam früh, schon vor seinen Brüdern. Er hatte wohl auch nicht so gut schlafen können wie sonst. In seinem neuen Staat, den er Ramón stolz vorführte, war er kaum wiederzuerkennen. Isabelle schoss plötzlich eine Idee durch den Kopf.

»Sag mal, Ramón, kann man hierher auch Pakete schicken? Von Frankreich aus, meine ich.«

»Na klar, warum denn nicht? Es dauert zwar ein bisschen länger und ist auch nicht ganz billig, aber selbstverständlich ist es möglich. Warum, was hast du denn vor?«

»Na, wir könnten Manuel doch von zu Hause noch mehr Sachen schicken. Er kann ja nicht immer die gleichen anziehen, und irgendwann gehen sie ja auch mal kaputt. Die Größe kennen wir ja. Natürlich wächst Manuel noch, aber wir schließlich auch, und deshalb wird es immer was Passendes für ihn geben.«

»Prima, da haben wir noch etwas zum Trost für ihn. Und außerdem: Für so einen guten Zweck erhöht mein Vater auch schon mal mein Taschengeld.« Suzanne war Feuer und Flamme für diese neue Idee.

»Wir wollten doch sowieso eine Hilfsaktion in unserer Schule starten. Klar, dass wir uns dann besonders um Manuel und die anderen Kinder hier im Dorf kümmern.«

Ja, dann war es also endgültig so weit. Merida hatte keinen sehr großen Flugplatz und auch die Abfertigungsgebäude waren klein, aber alles schien funkelnagelneu und war blitzsauber. Das Einchecken war nun ja nichts Neues mehr für Suzanne und Isabelle, aber Manuel, der noch nie ein Flugzeug aus der Nähe gesehen hatte, kam aus dem Staunen gar nicht mehr heraus.

Er musste dann doch ein paar Mal kräftig schlucken, als ihm die beiden Mädchen zum Abschied die Hand schüttelten. Isabelle wischte sich verstohlen über die Augen und auch in Suzannes Augenwinkeln glitzerte es verdächtig.

In der großen Boeing, nachdem sie sich vorschriftsmäßig angeschnallt hatten, versuchte Suzanne Manuel durch das kleine ovale Fensterchen neben ihrem Sitzplatz zuzuwinken. Aber die Entfernung war zu groß. Es gab auch zu viele Fenster in der Maschine, als dass er sie hätte entdecken können. Die Mädchen sahen, während die schwere Maschine schneller und immer schneller über die lange Startbahn schoss, seine schmächtige Gestalt neben der kräftigen Josés kleiner und kleiner werden. Dann leuchtete nur noch Manuels weißes T-Shirt als heller Fleck im gleißenden Sonnenlicht.

Das Wasser des Golfs von Mexiko tief unter ihnen schimmerte tintenblau und schien in der Ferne ohne

Grenze in einen unendlichen, leuchtenden Himmel überzugehen. Vergeblich versuchten Isabelle und Suzanne einen letzten Blick auf das hinter dem Horizont versinkende Land zu werfen, in dessen Urwäldern noch ungezählte, bisher keinem Menschen bekannte geheimnisvolle Ruinen, Paläste, Tempel und Pyramiden ihrer Entdeckung harrten.

»Ob wir wohl irgendwann in unserem Leben noch einmal hierher zurückkommen?«, überlegte Suzanne laut.

Ramón streckte sich bequem in seinem Sitz zurecht. »Warum denn nicht?«, meinte er und der Schalk blitzte bereits wieder in seinen Augen. »Bei euch beiden muss man auf alles gefasst sein. Das da unten – nein, das wird mit Sicherheit nicht euer letztes Abenteuer gewesen sein.«

Anhang

GOLF VO

MEXIKO

MEXICO
CITY

TOLTEKEN

MIXTEKEN

AZTEKEN

OAXACA
MONTE ALBAN

ZAPOTEKEN

PAZIFISCHER OZEAN

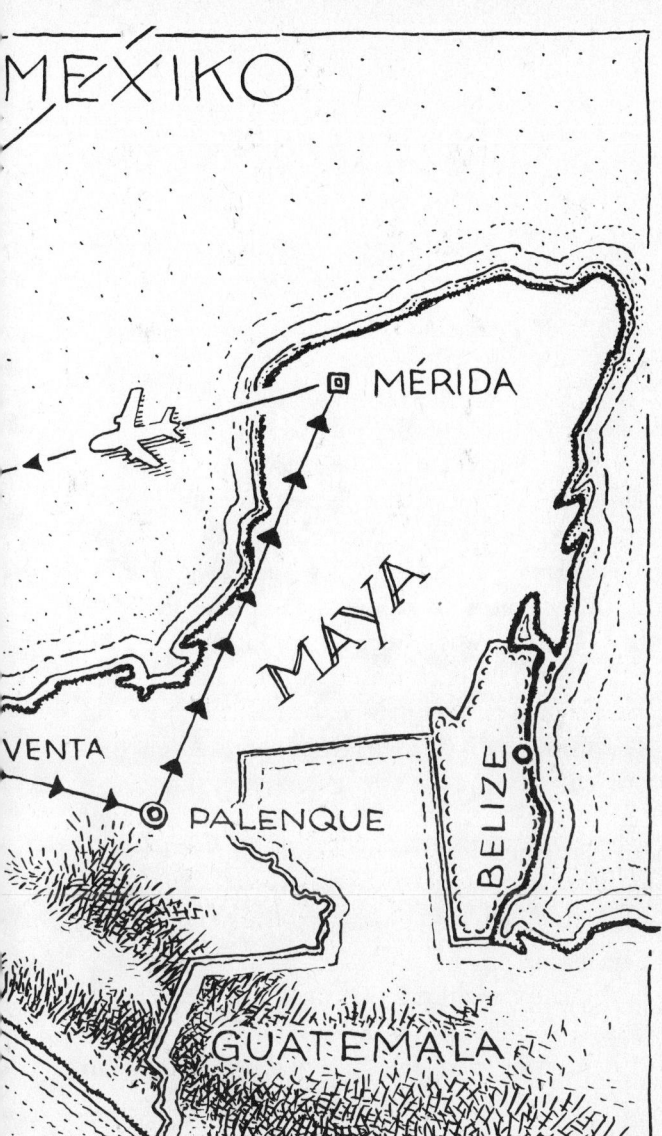

MEXIKO

MÉRIDA

MAYA

VENTA

PALENQUE

BELIZE

GUATEMALA

Die Maya – woher sie kamen
und wie sie lebten

Als Christoph Columbus 1492 Amerika entdeckte, glaubte er auf einem neuen Seeweg Indien erreicht zu haben. Deshalb nannte er die Menschen, die er in dieser ›Neuen Welt‹ antraf, ›Indianer‹.

Es waren wahrscheinlich die Nachfahren jener alten Jäger, die während der letzten Eiszeit, großen Wildherden folgend, von Asien über die Beringstraße nach Nordamerika gewandert waren. Der Meeresspiegel lag zu dieser Zeit 80 bis 100 Meter tiefer als heute, weil große Wassermengen als Gletschereis auf dem Festland gebunden waren. So war auch die Beringstraße noch nicht vom Meer bedeckt und verband als Landbrücke die beiden Kontinente Asien und Amerika. Die Einwanderer zogen über die Landenge zwischen Nord- und Südamerika, das heutige Mittelamerika, bis zur Südspitze des Kontinents. Sie jagten anfangs Großwild und sammelten essbare Pflanzen. Erst seit etwa 1300 v. Chr. bauten sie im heutigen Mexiko auch Mais an.

Die Indianer spalteten sich im Laufe der Zeit in verschiedene Stämme auf. So waren die *Olmeken* in den Ebenen der mexikanischen Ostküste bereits um 900 v. Chr. vorzügliche Steinmetze. Sie schufen unter anderem die 20 Tonnen schweren und bis drei Meter hohen Riesenköpfe aus Basalt, die heute noch im Urwald von La Venta stehen. Die *Zapoteken* gründeten die große Tempelstadt Monte Albán (500 v. Chr. – 1469 n. Chr.) in der Nähe der heutigen Stadt Oaxaca. Sie besaßen eine Bilderschrift und einen Kalender. Später eroberten die *Tolteken*, die auch die Stadt Tula gründeten, und die *Mixteken* diese und andere alte Städte. Die letzten Eroberer waren die aus dem Norden eingedrungenen *Azteken*.

Zuvor jedoch kamen die *Maya*, die Lehrmeister der mittelamerikanischen Völker in Astronomie, Arithmetik und Kalenderkunde. Sie schrieben in Bilderschrift auf eine Art Papier aus gummigetränktem Baumbast mit Kalkbezug. Das ›Alte Reich‹ der Maya, deren Existenz schon um 2000 v. Chr. nachgewiesen werden kann, währte vom 4. bis 9. Jahrhundert nach Christus. Herrscher dieses Reichs war der Adel, zu dem auch die Priester gehörten. Während der Blütezeit des ›Alten Reichs‹ entstanden die Tempelstädte mit Sternwarten, Dampfbädern und Tempeln auf den Pyramiden. Sie dienten vor allem dem religiösen Kult. Die Tempel, in denen die Priester einer Vielzahl von Göttern huldigten, standen zunächst auf Erdsockeln, die mit Steinpackungen ummantelt und im Laufe der Zeit vergrößert wurden, was entsprechende Treppen notwendig machte. So entstanden die Pyramiden, die mehr als 60 Meter hoch sein konnten. Gegen Ende des 9. Jahrhunderts wurden diese Tempelstädte, darunter Palenque, unter dessen ›Pyramide der Inschriften‹ 1949–1952 das berühmte Priesterköniggrab entdeckt wurde, aus immer noch unbekannten Gründen verlassen. Die Bewohner zogen zur Halbinsel Yucatán. Dort ist heute Chichen Itza die bedeutendste Maya-Ruinenstadt. Sie wurde bereits im 6. Jahrhundert gegründet und erlebte unter dem Einfluss der *Tolteken* im 11.–13. Jahrhundert ihre Blütezeit.

Da die Indianervölker Mittelamerikas das Rad noch nicht kannten und Pferde erst nach der Entdeckung Amerikas durch Columbus auf dem Kontinent eingeführt wurden, standen ihnen weder Wagen noch Zugtiere für den Transport des Baumaterials zur Verfügung. Für den Bau der Pyramiden mussten die Menschen das Material auf ihren Köpfen oder in Körben herbeitragen. Die größte Pyramide ist die Sonnenpyramide in der Ruinenstadt Teotihuacán, 40 km nördlich von Mexiko-City. Teotihuacán war nur vom 2. bis zum 8. Jahrhundert bewohnt. Der Name ist aztekischer Herkunft und bedeutet ›Ort der Götter‹. Die Sonnenpyramide hat eine Grundfläche von 50000 m^2 und ist 63 m hoch. Für ihr gewaltiges Volumen von 300000 m^3 waren zwei Millionen Tonnen Baumaterial erforderlich. Hauptsächlich wurden Ziegel aus ungebranntem Ton (›Adobe‹) verwendet. Lediglich die Außenwände mit ihren Treppen wurden aus Steinen errichtet. Nimmt man an, dass 4000 Arbeiter 100000 Tonnen Baumaterial jährlich herbeitrugen und aufschichteten, so dauerte die Errichtung der Sonnenpyramide 20 Jahre ununterbrochenen Arbeitens. Dabei ist sie nur eine unter zahlreichen kleineren Pyramiden, von denen die kilometerlange ›Straße der Toten‹ gesäumt wird. Die indianischen Ureinwohner bearbeiteten das Baumaterial mit Werkzeugen aus Stein, die sie wiederum aus hartem Feuerstein und dem vulkanischen Mineral Obsidian fertigten. Gold, Silber und Kupfer verwendeten sie zur Herstellung ihres kunstvollen Schmuckes. Die herrlichen Reliefdarstellungen, die ihre Tempel schmücken, sind allesamt mit harten Steinmeißeln aus dem Gestein herausgearbeitet.

Um Ackerland zu gewinnen war es unumgänglich den Urwald zu roden. Die Bäume wurden mit sehr einfachen Steinäxten gefällt und verbrannt. Ihre Asche stellte wertvollen Dünger für die nur dünne Erdbodenschicht über dem felsigen Untergrund dar. Mit Grabstöcken stachen die Maya in bestimmten Abständen Löcher in die Erde, legten Saatgut hinein und streuten Erde darüber. Angebaut wurden neben Mais Bohnen, Kürbisse, Süßkartoffeln, Pfeffer, Kakaobäume, verschiedene Fruchtbaumarten, Tabak und auch die Baumwolle, aus der sie ihre Kleidung herstellten.

Ausbleibender Regen war in diesen heißen Landstrichen oft die Ursache von Missernten und Hungersnot.

Es überrascht also nicht, dass die Maya neben dem Sonnengott auch den Regengott Tlaloc unter ihren vielen Göttern besonders verehrten. Für eine gute Ernte opferten sie ihm Weihrauch, Speisen und Getränke, manchmal führten sie auch rituelle Blutopfer durch. Menschenopfer spielten aber keine so große Rolle wie etwa bei den Azteken.

Nach der Entdeckung Amerikas durch Columbus kam es zwischen den Indianern und den Spaniern zu blutigen Auseinandersetzungen. Das Hochland von Guatemala wurde 1525, Yucatán 1541 von den Spaniern erobert, das Tiefland erst 150 Jahre später. Verfolgung, Seuchen und Hungersnöte haben im 16. Jahrhundert viele Maya das Leben gekostet, doch noch heute leben in den zentralamerikanischen Ländern viele ihrer Nachkommen. In Guatemala etwa stellen sie fast die Hälfte der Bevölkerung.

Weil die Stätten der alten Maya vielfach im Urwald verborgen waren, wurden sie erst im 19. Jahrhundert wieder entdeckt. Bis heute sind die Ausgrabungen nicht abgeschlossen, noch immer machen die Forscher sensationelle Entdeckungen, die von der untergegangenen Hochkultur der Maya zeugen.